GLÒRIA ARIMON

BAGDADEKO IPUINAK

Bilduma Ursa Maior

Esta obra ha sido publicada con una subvención de la Dirección General del Libro, Archivos y Bibliotecas del Ministerio de Cultura, para su préstamo público en Bibliotecas Públicas, de acuerdo con lo previsto en el artículo 37.2 de la Ley de Propiedad Intelectual.

BAGDADEKO IPUINAK
1. argitaraldia, 2012

Argitaletxea: Marge Books - València, 558, ático 2.ª - 08026 Barcelona
www.marge.es - Tel. +34-932 449 130 - Fax +34-932 310 865

Zuzendaria: David Soler
Argitalpenaren kudeaketa: Hèctor Soler, Anna Palacios
Edizioa: Rosa Serra
Bateratze-lana: Mercedes Lara
Inprimaketa: Impulso Global Solutions (Tres Cantos, Madrid)

ISBN: 978-84-15340-43-0
Lege-gordailua: B-28.430-2012

GLÒRIA ARIMON
Josep Lormanen laguntzarekin

BAGDADEKO IPUINAK

Laguntzailea:

MARGE
BOOKS

Compromesos amb el món irabazi-asmorik gabeko elkartea da. Katalunian sortu zen 2007. urtean, eta nazioarteko lankidetza-proiektuak sustatu eta laguntzen ditu. Bakerako hezkuntza bere helburu nagusietako bat da. Liburu hau, helburu bera lortzeko lan egiten duten erakunde guztiei eskaintzen zaie.
Informazio gehiagorako eta harremanetan jartzeko:
www.compromesos.cat

Oharra

Liburu hau hizkuntza hauetan argitaratu da: katalanez, gaztelaniaz, euskaraz, ingelesez-arabieraz, katalanez-arabieraz, gaztelaniaz-arabieraz eta euskaraz-arabieraz.

Ikusi www.marge.es web-orria Iraki buruzko informazio gehiago lortzeko, eta, ikasgelan, herrialde horretan bizi den problematika landu nahi duten irakasleentzako proposamenak jasotzeko. Web-orrian dauden materialetan Interneteko estekak eta hizkuntza kontuak (hiztegi txikia, esaerak…) barne hartzen dira. Horrez gain, hainbat ohitura eta tradizioren adibideak ematen dira, lantzeko eta hemen ditugunekin alderatzeko balio dutenak. Azkenik, zenbait iradokizun ere ematen dira, Irakeko balioei eta gaur egungo berriei hitz egiteko eta eztabaidatzeko.

AURKIBIDEA

SARRERA

LIBURU honetan aurkezten dizkizuegun narrazioen protagonista nagusiak *Mila gau eta bat gehiago* liburuko hiru protagonista dira.

Mila gau eta bat gehiago liburuko kontaketek hainbat jatorri dituzte. Lau taldetan bil daitezke. Lehenengoan, ipuinik zaharrenak jasotzen dira, Indiatik datozenak; bigarrenean, Persiakoak; hirugarrenean, Iraken gertatzen diren islamiarrak, eta, azkenik, laugarrenean, Egiptokoak jasotzen dira. Arabieraz idatzita dauden lekukoak ere badaude; IX. mendekoak. Antoine Gallandek, itzulitako lehen liburukia argitaratu zuen 1704. urtean, eta horri esker, Europan ezaguna egin zen; arrakasta handia izan zuen. Hain zuzen horregatik, XIX. mendean, beste kontakizun batzuk ere erabili ziren, hala nola *Sinbad marinela*, eta geroago, bereiz ibili ziren zenbait ipuin, esaterako: *Ali Baba eta berrogei lapurrak* eta *Aladino eta kriseilu miragarria*.

Mila gau eta bat gehiago istorioa hasten da Bagdadeko subiranoa, Sahriyar errege krudela, emazteak beste gizon batekin engainatzen duela konturatzen denean.

Sutan, egunero, birjina eta etxe noblekoa den gazte birjina batekin oheratzea eta egunsentian hiltzea erabakitzen du. Ipuinen pertsonaia nagusia Xerezade da, bisir baten alaba, emakume gazte horien hilketekin bukatzea nahi duena. Boluntario eskaintzen da erregearekin biltzeko, eta, gauero, ipuin bat azaltzen dio, egunsenti aurretik bukatu gabe uzten duena. Horrela, erregea ez du hiltzean, istorioa nola bukatzen den jakin nahi duelako, eta, horretarako, hurrengo gauera arte itxaron behar du. Kontaketak askotariko gaiei buruzkoak dira: amodiozkoak, fantastikoak, intrigazkoak, zaldunei buruzkoak eta abenturazkoak.

Sinbad, Ali Baba eta *Aladino*ren kontakizunak ere hasierakoetan sartu genituen, eta gaur egungo Iraken kokatu ditugu, herrialde horretako lurraldea, antzina, Mesopotamia moduan ezagutzen zena delako; hots, Persiako golkoan itsasoratzen diren Tigris eta Eufrates ibaien artean. Duela 5.500 urte baino gehiago, lur horietan, idazteko lehen moduetako bat asmatu zuten. Estatubatuarrek eta britainiarrek 1990. urtean Irak eraso zutenean bonbardatu zituzten lehen instalazioak paper-fabrikak izan ziren. Nazio Batuek arte grafikoen eta inprentako ordezko piezak kanpoan erostea eta sartzea debekatu zuten. Halaber, idazteko lapitzak erabiltzea ere debekatu zuten, lapitzek zuten grafitoak erabilera militarra izan zezakeelako.

Historian zehar, mundu osoko gazteek abenturak eta amodioak bizi izan dituzte gureen aldean oso desberdinak diren lekuetan. Denek zuten xede bera: ikasteko, jolasteko, ongi pasatzeko, maitatzeko eta bestelakoak egiteko gogoa. Irakeko gazteen bizitza duela asko ezin da gurea bezalakoa izan, gerrengatik; hasiera batean, herrialdean agintzen zuen diktadorearengatik, eta, gero, Estatu Batuen okupazioarengatik. Okupatzen hasi zen lehen urteetan ehunka mila lagun hil egin ziren, eta horietatik, herena, adingabeak izan ziren. Bestalde, zortzi biztanletik batek herrialdetik ihes egin edo bere etxea utzi du.

Bagdadek, hiriburuak, ez du itsasorik, eta hori dela eta, Persiako golkotik ateratzeko Basoratik egiten da, hegoaldean dagoen hiritik, Tigris eta Eufrates ibaia dagoeneko elkartuta daudela. Hiri horretan eskultura bat zegoen okupazioaren aurretik, itsasoari begira dagoen Simbaden omenez egindako kale batean. Bagdaden, plaza handi batean, Ali Baba eta lapurren omenezko zenbait eskultura zeuden. Herrialde osotik ikus daiteke elezaharretako pertsonaien iragana.

Basoran, 2002. urtean, zapata-garbitzaile moduan lan egiten zuten bi mutiko ezagutu nituen. Goizez, lan egiten zuten; arratsaldez, eskolara joaten ziren. Zoriontsuak zirela esan zidaten. Askotan gogoratzen naiz haietaz, urrutitik, Iraken paisaiez bezala: basamortua, zingirak, kostak, antzinako zibilizazioen hondarrak... eta, batez ere, kaleetako gazteen begiradak. Denek nahi zuten bizitzea eta zoriontsu izatea, duela mende askotako ipuinen pertsonaiek bezala. Eta ahaztu ezin dudanez, ez eta ahaztu nahi ere, egun batean begiak itxi eta antzinako heroiak imajinatzen hasi nintzen, besteak beste Simbad, Ali Baba eta Aladino, gaur egungo Irakeko gazteen aurpegi, arropa eta arazoekin. Horrela sortu ziren ipuin hauek: zapata-garbitzaileen, meskiten patioan jolasten ziren neska-mutilen, eskolan ikasten zutenen edo ospitaleetako ohetan zeudenen begiradak dituzte.

Mila gau eta bat gehiago lanaren kontaketek artearen eta kulturaren garaipena adierazten dute, basakeriaren gainean, izan ere, azkenean, erregeak, hainbat gau entzuten eman ondoren, Xerezaderi bizia barkatzen diolako. Hitzaren bidez, guztiz aldatu dugu errealitatea,

Gustatuko litzaiguke BAGDADEKO IPUIN hauek, gatazketan erabili behar ditugun arma bakarrak hitza eta arrazoia direla ulertzen ere laguntzea. Gaur egun Iraken gertatzen dena ia zuzenean ikusten dugu telebistatik, eta horrek arriskua dakar, besteen mina ohikotzat har dezakegulako eta haien sufrimendu eta heriotzen aurrean bihozgabe ager gaitezkeelako. Ipuin hauek irakurtzean, errealitatea berreskuratzen laguntzea espero dugu. Gazteok eta helduok gauzak alda ditzakegu. Gure esku dago dena.

Glòria Arimon

SIMBAD

TIGRIS eta Eufrates ibaiak elkartzen ziren lekua hain
zen ederra, han, lurreko paradisua egon zela esaten
zutela. Leku guztietatik zegoen ura: ibaietan, erreketan,
ubideetan eta urmaeletan. Erdian, mota askotako fruta-
arbolak zeuden: abrikotondoak, laranjondoak, sagarron-
doak, madariondoak... eta, batez ere, zurtoin luzeko
palmondoak, gailurretan, datil lodi eta gozoak esekita
zeudela. Abereak ere ez ziren falta: zaldiak, astoak, ahun-
tzak, arkumeak, katuak, saguzarrak... Bi ibaiak elkartzen
ziren leku horretan, herrixka bat ere bazegoen: Al Qurna.
Handik Chatt el-Arab ibaia sortzen zen, ehun kilometro
ingurura, hegoalderantz, Persiako Golkoan itsasoratzen
zena. Ibai honek zituen ur sakonei esker, ontzi handiak
hel zitezkeen itsasotik.

Ubide eta palmondo artean, 637. urtean, denbora
gutxian milaka biztanle izan zituen hiria sortu zuen kalifa
batek: Basora. Ibaian behera jaitsiz, itsasoa hurbil zuen.
Hori dela eta, portu bat eraiki zuten, Um Qasar, eta,
hor, arrantza egitera joaten ziren, eta, nabigatzera batez

ere joaten ziren ontziek amarratzen zuten. Urte gutxitan, txinaraino heldu ziren gizon horiek. Ikusten ziren mugaz harago nabigatzen zuten, zeruertz berriak aurkitzen zituzten, hainbat mundu, kolore eta zapore, begirada, hizkuntza eta amodio.

Hainbat mende geroago, Basoran, gazte altu eta beltzaran bat bizi zen. Simbad zuen izena, begi handi eta biribilak zituen, eta ile beltza eta kizkurra. Hamidek, urteek zahartu eta zimurtutako osabak hartu zuen, ama, bigarren semea erditzean hil eginda. Aita hilabete gutxi batzuk lehenago hil egin zen, gizon osasuntsu eta indartsua guztiz makal utzi zuen sukar oso handi batek eraginda.

Simbadek kalean ematen zuen denborarik gehiena; hasiera batean beste ume batzuekin, baina berehala hasi bizimodua ateratzen, jan eta bizi ahal izateko. Askotan, ibaiaren beste ertzera joaten zen, eta handik, uhartetxoak ikusten zituen, uraren eta merkatarien trafikoaren erdian. Gero eta ontzi gehiago etortzen ziren kanpotik, batzuk oso urrutitik, hainbat arrazatako gizonekin eta han ez zituzten salgaiekin. Egun batean, hamahiru urte bete zituen egunean hain justu, ontzietatik jaisten ziren gizonak begiratzen zituen bitartean, erabakia hartu zuen: «Nabigatzailea izango naiz». Eta horrela gertatu zen. Bere osaba hil zen, eta ez zuen zaintzako ardurarik. Lehen urteetan gabarra batean nabigatu zuen, laguntzaile moduan, baina handik gutxira nahikoa dirua aurreztu zuen, bere gabarra erosteko eta nagusirik ez izateko. Itsasoaren erdian, kaioen hegaldiei begiratzen zien; negua bazen, aurpegian eta besoetan eguzkiak jotzea uzten zuen; uda bazen, eta bero handiegia ematen bazuen, oihal baten azpian babesten zen. Han zoriontsua zen. Bakarrik sentitzen zen; baina lagunduta ere bai. Beitak jarri eta arrainek harrapatu arte zain egoten zen. Ez zuen presarik. Denbora etenda zegoen.

*Lehen urteetan gabarra batean nabigatu zuen,
laguntzaile moduan…*

Simbad gazte ipurtarina zen, eta berehala erosoegia eta ohikoa iruditu zitzaion egunero arrantzara joatea. Zeruertza ikustatzen zuen etengabe, eta arratsaldean, bere txabolara itzultzen zenean, arrainak saltzen aurrezten zuen dirua zenbatzen zuen. Gauero, urrunagora joateko aukera emango zion gabarra on bat erosteko dirua aurrezteko zenbat urte beharko zituen kalkulatzen zuen. Gurasoen etxean bizi ziren bere adinako mutiko gehienak, eta gurasoek, ezkontzeko aukeratuko zioten emakumea ezagutzeko irrikan zeuden, baina berak ez zuen presarik. Neskak gustatzen zitzaizkion, noski, baina… geroagorako. Oraindik beste gauza asko egiteko zituela iruditzen zitzaion.

Gau lasai batean kalera irten zen. Bere etxe aurretik igarotzen zen ubidean ilargia, betea eta biribila, islatzen zen. Begiratu zuenean begi-keinua egin ziola iruditu zitzaion. Simbadek inguruan zuen guztia maite zuen, horrela sentitzen zuen, oso barnetik: paisaia hura, lagunak, ibaiak, Kawiteko azoka zaharra, Al-Wasango kale jendetsua, hiriko hogeita hamar meskita baino gehiagotako minareteak, ubideak zeharkatzen zituzten zubiak, hainbat gozo-dena… baina aldaketa bat behar zuen. Pentsamendu horrekin kafetegi batean sartu zen, te bat narguile batekin hartzeko, eta lagunekin elkartzeko. Beti bezala gizonak ziren guztiak, emakumeak ez zeudelako ohituta hara sartzearekin. Gizon zahar bat, dagoeneko gabarrarekin jarraitzeko zaharregia zela eta utzi nahi zuela azaltzen ari zen. Simbadek bazekien gizon horren falutxoa ona eta handia zela, beraz, erosteko eskaintza egin zion: Hasteko, sarrera emango zion, hurrengo urteetan ordaintzeko konpromisoa hartzen zuen diruaz gain. Eztabaidatzen eta tratu egiten denbora luzea emanda, eskuak luzatuz itxi zuten tratua, gizon zuzenek egiten zuten moduan. Ez zen agiririk behar. Hitzarekin nahikoa zen.

Zenbait egun geroago, urez beteriko ontzi batez eta elikagaiez hornitutako zaku batez ontziratu egin zen Simbad. Abenturaz egingo zuen lehen bidaia zen. Haize arina zegoen. Simbadek hiria begiratzen zuen, zenbat eta urrunago egon hainbat eta txikiagoa zena. Ibaia itsasora heltzen den lekuan, delta handia zeharkatu ondoren, hainbat alditan inguratu zuen eta buruz zekien uhartea atzean utzita, Simbadek ekialderantz jo zuen, eta gabarraren eskuetan utzi zuen gidatzea. Haizeak oso gogorrak ez zirenez, ontzia poliki-poliki joaten zen... urak guztiz bare geratu ziren arte. Ez zuen ezta haize leunik ere egiten, eta geldi geratu zen. Simbadek ez zuen beldurrik. Lasaitasunezko une horietan lo egiten zuen, edo zerbait hartzen zuen jateko. Hala ere, kontrako haizeak jotzen zuenean arazoak zituen, nahi ez zuen norabiderantz eramaten zuelako. Horrela bada, itsasoratu eta hiru egunera, ibaiaren bokalean zegoen berriro. Orduan, borondatea ez zela nahikoa konturatu zen, eta hainbat urte nabigatzen emandako jendearengandik ezagutzak bereganatu behar zituela. Esperientzia zuten nabigatzaile batzuekin hitz egitera joan zen, eta hainbat gauza galdetu zizkien. Irakurtzen eta idaztea ia ez zekien arren, oinarrizko mapa batzuk marraztu zituen. Hori eginda, zenbait elikagai bildu eta kaxa txiki batean, senideengandik oinordetzan hartu zituen bitxiak sartu zituen. Horrez gain, saltzeko zenbait produktu ere hartu zituen. Zama horrekin berriro itsasoratu zen. Oraingoan, nabigatzaileen gomendioei jarraituz, lurretik gehiegi urrundu gabe, Persiako kostaldeetarantz jo zuen. Bidaia ongi joan zen; aldeko haizea izan zuen eta egun batzuetan hiri ezezagun batera heldu zen. Han, beste hizkuntza batean mintzatzen zen jendearekin egin zuen topo. Portuan ezagutu zuen gizon batek azaldu zion, lekuen arabera, pertsonek, elkar ulertzen ez zuten hainbat hizkuntzatan hitz egiten zutela. Alabaina, herrialdeetatik nabigatzera ohitura zegoen jendea, ulertzeko eta elkar ulertzeko moldatzen zen.

—Garrantzitsuena —esan zion gizonak—, komunikatzeko interesa izatea da.

Han egon zen egunetan, Simbadek, zekartzan datilak eta gatza saldu zituen, eta, gero, azokako merkatari batek lepoko batzuk, bi eraztun eta eskumuturreko bat (familiaren altxor txikia) erosi zizkion. Salmentarekin lortu zuen diruaz, zetak eta bere herrialdean ez zeuden produktuak erosi zituen. Basorara itzultzean dena saldu zuen eta lortutako diruaz zorraren zati bat ordaindu eta produktu gehiago erosi zituen, salerosten jarraitzeko. Urtebetean, Simbad hara eta hona ibili zen Persiako portuetatik, ahal izan zuen beste alditan, erosiz eta salduz. Gero eta urrunagora joaten zen. Dagoeneko buruz ezagutzen zituen Persiako kostaldeak: hasiera batean, berde eta zoragarriak; geroago, hutsik. Esan ziotenez, Ormuzeko itsasartea igarota itsaso handi bat zegoen, eta hortik, Indiara eta txinara joan zitekeen. Arabiako penintsulako mendebaldeko kostatik ere nabigatu izan zuen, baina ez zuen inoiz Qatarreko penintsula gainditu, oso arriskutsuak ziren ur-laster bortitzak zeudelako. Beste garai batean, pirata krudelek kostalde horretatik nabigatzen zuten itsasontziak erasotzen zituzten, eta hori dela eta, Piraten Kostaldea esaten zioten.

Handik gutxira, Simbadek zorra ordainduta zuen falutxoa saldu zion agurearekin, eta laguntzaile bat bilatzea erabaki zuen. Beb Radin zuen izena.

Ordura arte ikasi ez zuena ikasi zuen Simbadek bidaiekin. Miresteko jendea ezagutu zuen; baina baita beldur izatekoa ere.

Arrisku askori aurre egin behar izan zien: itsas zabaleko ekaitzak, lapurrak, katua erbitzat saldu zioten iruzurgi-

Urtebetean hara eta hona ibili zen Simbad Persiako portuetatik, ahal izan zuen beste alditan, salerosketetan.

leak… Baina mutil azkarra zen bera. Analfabetoa bazen ere, joaten zen lekuetan hitz egiten ziren hizkuntzak ia ulertzea lortu zuen, baina bazekien ere noiz egon behar zuen isilik, eta sekretu bat gorde behar zuen, ez zuen ez eta hitzik ere esaten. Portu bakoitzean lagun bat zuen; herri bakoitzean, isilik begiratzen zuen neska bat. Basorara itzultzen zen bakoitzean, gorputz osoan eragiten zuen dardara sentitzen zuen hanketan. Denbora gutxi ematen bazuen ere, bere etxetzat zuen Basora. Bere itzala moduan ezagutzen zituen meskiten silueta ikusten zuenean, hauxe esaten zuen:

—Salbatuta nago, etxean nago eta!

Simbad bere osabak azaldu zizkion zenbait istorioz gogoratzen zen oraindik. Gengis Khan, Mongoliako enperadorea, lur horietara heldu zen garaikoak ziren. Lazgarrikeriak eta hondamena utzi zituen atzean, beste herri batzuen aldean, hala nola abbastar, asiriar eta greziarren aldean, kultura eta aberastasuna ekarri zituztelako. Azaldu ziotenez, orain bere herrialdea zena Otomandar Inperioak hartu zuen, eta, geroago, tribuek elkartu egin behar izan zutela, guztien etsaia zenari, hots, britainiarrei, aurre egiteko, izan ere, leku hori hartuta zuten eta haien jabe egin nahi ziren. Britainiarrak handik joan zirenean, zaila egin zitzaien lehen urratsak ematea. Lurralde bakoitzak bere gerra egiten zuen…

Nabigatzen zuen bitartean, Simbadek denbora asko zuen pentsatzeko. Beti galdetzen zion bere buruari ea zergatik ezin zuten gizakiek bakean bizi: arrantza egitea, ereitea, salerostea… eta maitatzea. Kafea hartu zuen egunen batean aipatu zuen, eta zaharrenek iseka egin zioten.

—Heldua zarenean ikusiko duzu. Nor bere zortzikoan ibiltzen da, eta gobernatzen dutenak inor baino gehiago. Oso gutxik dute dirua, eta gainerakook aurrera ateratzekoaren adinakoa.

Orduan, Simbad isil egoten zen, eta egunen batean, golkoko uharte txiki horietan, ezkutatuta zegoen altxor bat aurkitzeko itxaropenari eusten zion. Norbaiti esatera ausartu zenean hauxe esan zion:

—Hemen dugun altxorrik handiena petrolioa da. Baina hori ere ez da gurea.

Lurra oso barreneraino aztertzen zuten, arimaraino, eta han, urre beltza aurkitzen zuten. Simbadek sua egiteko, janaria prestatzeko, nabigatzeko eta beste gauza askotarako erabiltzen zuen petrolioa, baina munduaren aurrerapen-mailari begiratuz, beste gauza askotarako ere balio zuela azaltzen zioten. Bere herrialdean, ez, atzeratuta zeudelako, baina, Amerikan, ozeano zabalaren beste aldean, denetarik egiteko erabiltzen zutela, hala nola pertsiana bat edo ontzi bat egiteko.

Ozeanoa, pentsatzen zuen Simbadek, inoiz bukatzen ez den itsasoa da ozeanoa, eta asteak behar dituzu lehorreraino heltzeko. Hain handiak dira sortzen diren ekaitzak, ezen nirea bezalako txalupa batekin, bi egun ere iraungo ez nituela bizirik. Amerika… inoiz joateko aukerarik izango al dut? Betiereko ametsa. Jendea aberatsa zen hor, ontziak eta autoak zituzten, etxe polit eta garbietan bizi ziren, jantzi onak eramaten zituzten, ume guztiak eskolara joaten ziren… Simbadek hamazortzi urte bete berriak zituen, eta garai hartan, bere herrialdeko umeek ikasten zuten, eta gaixorik jartzen baziren medikuarengana joan zitezkeen… baina gobernatzen zutenak hain zeuden urrun! Bagdad, duela gutxira arte, hogeita hamar ordura zegoen errepidez.

Egun txar batean, bere herrialdea eta auzokoa (persiarrak, Iran gisa ezagutzen zena) gerran zeudela entzun zuen azokako kafe-etxe batean. Liskarrak urrunetik zetozen, ibaia eta Khuzestango eskualdea jabetzan izateko borrokatzen zutelako beti, han, petrolioa baitzegoen.

—Zergatik? —galdetu zien egun batean tea edan eta narguile erretzen zuten gizon horiei.

Denek begiratu zuten, eta bizkarrari eragin baino ez zuten egin. Batek erantzun zuen:

—Herriko jendeak ez daki inoiz zergatik gure gobernariek gerrak deklaratzen dituzten. Azken finean, irabazi edo galdu, guk beti galtzen dugu.

Eta horrela gertatu zen. Simbadek dagoeneko ez zuen nahi Persiako kostaldeetatik nabigatzea; mendebaldekoetara joaten zen, baina han ere ez zegoen lasai. Askotan, zerutik hegan egiten zuten eta garrak eta kea botatzen zituzten su-txori handiak entzun eta ikusten zituen. Urte oso gogorrak izan ziren, Basorara bonbak heldu zirelako. Zortzi urteko infernua izan zen, eta hiriko familia guztietan hildakoren bat egon zen: Aitak eta adin militarrean zeuden semeak armadan sartzeko deitu zituzten, auzokoen kontra borrokatzeko; amak eta seme-alaba txikiak, beren etxeetan bonbardatuta edo sarraskituta. Arrainak ere ezkutatu egin zirela zirudien, oso zaila baitzen harrapatzea. Gerra horretan ez zen egon ez irabazlerik ez eta garailerik ere: berdinduta bukatu zuten, baina milioi bat hildako egon ziren bi bandoen artean. Portuan hondoratuta geratu ziren ontzien siluetak hondamendiaren erakusgarriak ziren. Gero, hildako jeneralen omenez, Basorako itsas pasealekuan, Iranen kontrako batailetan hil egin zen jeneral bakoitza adierazten zuten berrehun eta berrogeita hamar estatua eraikitzeko agindu zuen bere herrialdeko presidenteak. Estatuen eskuineko besoak ertzaren beste aldera seinalatzen zuen, begirada gogorra zuten, eta fusilak sorbaldan, etsaiari oraindik erronka eginez.

Gainera gizakiaren erantzuteko eta bizirauteko gaitasuna ikaragarria da. Basorako biztanleek hiria berreraiki zuten, meskitak jaso zituzten, saltokiak ireki zituzten, kanalen arteko zubiak berreraiki zituzten, azoka kolorez eta jendez bete egin zen berriro, eta arrantzaleak eta merkataritza itsasora itzuli ziren.

Simbadek berriz nabigatu zuen, Bed Radinen, laguntzen zion mutilaren, laguntzaz. Basoratik ekartzen zituen produktuak saldu eta beste batzuk kanpoan erosten zituen, gero, bere hirian berriz saltzeko.

Denbora igaro zen eta oraindik ezkongai jarraitzen zuen.

—Kontuz ibili, luzaro barik pasako zaizu sasoia eta —esaten zioten lagunek, maitasunez.

Horregatik, behingoz ezkontzea aholkatu zioten, eta, azkenean, egin zuen, bera bezala umezurtza zen neska batekin. Izeko eta lehengusu batekin bizi zen. Zainabek hamahiru urte zituen; gerran, bere aita eta bi ahizpa hil zituzten. Tradizioak agintzen duen moduan, Simbadek ezkontzeko eskatu zion familiaburuari, Zainaben lehengusuari, beraz, eta ez zitzaion asko kostatu konbentzitzea: behartsuak ziren, eta ezkontzen bazen, bat gutxiago izango zuen etxean elikatzeko. Simbadek orduan etxe bat erosi zuen Zahrako auzoan. Une egokiena zen, dirua behar zuen jende askok merke saltzen zituztelako, gerren ondorioz. Baina etxean bizi aurretik, Simbadek zenbait egunetan berarekin nabigatu nahi zuela esan zion Zainabi, altxor handi bat partekatzeko: itsasoa.

—Neuk bezala maitatzea nahi dut —esan zion.

Orduan bakarrik bidaiatu zuten, laguntzailerik gabe. Lehen egunean Simbadek samurtasunez begiratu zuen. Begiak, biribilak, ezti-kolorekoak, eta azala, leuna, ziren gehien gustatzen zitzaizkionak. Ziur asko seme-alabak izango zituzten, eskolara eramango zituzten eta nabigatzen erakutsiko zien. Hori zen zerumugara begiratzen zuenean pentsatzen zuena. Ia ez ziren ezagutzen eta Zainabek zeharka begiratzen zion; agian kezkatuta zegoen, ez baitzekien zer motatako gizonarekin ezkondu zen. Zainab eskolara joan zen, eta, beraz, irakurtzen eta idazten bazekin; baita janaria prestatzen ere. Lehen gauetan itsasoa bare eta ilbetea zegoen, etzanda jartzen ziren ontziaren kubiertan, eskuak lotu eta haurtzaroko sekretuak kontatzen zizkioten elkarri; egun batzuk geroago, beraien gorputzen misterioak aztertzen zituzten, eta, azkenean, Persiako hondartza bateko palmeren gerizpean maitale bihurtu ziren. Hiru aste geroago Basorara itzuli ziren, baina dagoeneko ez ziren berdin sentitzen. Zainab pozik sentitzen zen, beldurrik gabe, Simbadek, ezagutzen zituen gauzei buruzko gauzak azaltzen jarraitzeko, eta irakurtzen eta idazten irakasteko gogoarekin, adostu zuten bezala. Simbadek duela asko zuen maitalea, itsasoa, hain zuzen, baina, orain, emaztearekin, maiteminduago zegoen bizitzaz. Ez zuen ezer gehiago eskatzen.

Urtebete igarotakoan lehen umea izan zuten. Mutila zen, eta Ali izena jarri zioten. Simbadek ez zekien aita izateak hainbesteko zoriontasuna emango zionik. Dagoeneko ez zuen bidaia luzerik egiten, eta etxera laster itzultzen saiatzen zen, eta salerosketarik ez bazuen egiten, arrantza egitera joaten zen.

Baina pozak ez zuen asko iraun. Handik gutxira, bere herrialdeko presidenteak beste gerra bat hasi zuen, Kuwait auzoko lurraldea inbadituta. Hala ere, egun gutxi izan ziren, iparramerikarrak eta britainiarrak buru ziren herrialde talde batek atzera egitera behartu zituztelako. Dolu eta heriotza egunak izan ziren. Basora, beste hiri batzuk bezala, uranio pobretuz egindako bonbekin bortizki bonbardatu zuten. Ez zegoen lekurik ezkutatzeko. Chatt el-Arab ibaiaren ertzetan zeuden palmera-baso handiak hondatuta geratu ziren, zuhaitz guztien adaburuek bururik ez zutela.

*Zenbat egunetan berarekin nabigatu
nahi zuela esan zion Simbadek Zainabi,
bere altxor handia partekatzeko: itsasoa.*

Kostaldeak triste eta xarmarik gabe geratu ziren. Handik zenbait astetara, erasoak amaitu ziren, baina beste mota bateko gerra etorri zen: sufrimenduarena, jan nahi eta ezer ez izatearena, hiriaren gainean hegan egiten zuten hegazkinen beldurrarena. Bahiketaren gerraostea izan zen.

Bitartean, Zainab haurdun geratu zen berriro, eta oso gaizki sentitzen zen. Simbad ez zen kalera irtetera ausartzen, baina lana bilatu behar zuen, edozein zela, familia elikatzeko. Erditzeko unea heldu zenean ospitalera joan ziren, zerbait gaizki zegoela ikusten zutelako. Han, Latifa bere alaba jaio zen, eta medikuek leuzemia zuela esan zioten. Gerra gertatu zenetik, ume asko malformazioekin eta beste gaixotasun batzuekin jaiotzen zirela azaldu zieten. Jaioberria haize putz batek bota zezakeen txoritxo bat zirudien. Etxera itzuli ziren. Simbadek emaztearen ondoan ematen zuen ahal zuen denbora guztia, ahul egonda, Latifari titia ematen eta zaintzen saiatzen zena.

Egun batean, Simbad zenbat erosketa egitera joan zen, eta itzultzean, emaztea zurbil eta makal zegoela ikusi zuen. Haurdun geratu zenetik gaixo jarri zen, koleraz, eta gorputz osoan eragin zion. txoritxo bat bezala hil egin zen, eta Simbad inoiz baino bakarrago sentitu zen. Lurperatu ondoren, ibai-ertzean eserita, Ali besarkatuta egon zen ilundu arte. Ez zekien zer egin; ezta nora joan ere. Lan egin behar zuen bi umeak elikatzeko, baina nork zainduko lituzke bera ez zegoenean? Zenbait egun auzoko batekin utzi zituen, baina auzokoak berak berriro ezkontzeko gomendioa egin zion, emakume bat behar zuelako umeez arduratzeko. Simbadek ez zuen nahi, baina emakume horrek bere adinako neska bat bilatu zion. Alarguna zen, gerran senarra hil zutelako. Bi ume zituen: bata, bi urtekoa; bestea, hilabete gutxi batzuk. Horrela, Simbaden etxera joan zen bizitzera.

*Egun batean, Simbad zenbat erosketa egitera
joan zen, eta itzultzean, emaztea zurbil
eta makal zegoela ikusi zuen.*

Horrela, emakumeak bularra eman ziezaiokeen Latifari, eta Simbad arrantza egitera joan zitekeen, edo besteak baino gehiago behar zuten produkturen erosi. Ezin zuten ez eta urik edan ere, uranioak kutsatuta geratu zelako. Bestalde, nekazariak, baratzeak, beraiek bezala, antzu geratu zirela kexatzen ziren. Palmondoek ez zuten datilik ematen, eta pikondoek pikurik ere ez. Hori zen presidenteak egindako ekintza txarrengatiko zigorra. Simbadek pentsatzen zuen nahiago zuela fruta eta baratzeak edukitzea, petrolio madarikatua baino. Horrela, agian, bakean utziko zituzten!

Latifa txikiak, ahul eta samurrak, ezin izan zion gaixotasunari aurre egin eta hil ere egin zen. Malko bat irristatu zitzaion Simbadi masailetik, denbora gutxian zahartu egin zena. Muezinak, minaretetik Ali Imanaren meskitara, otoitz egitea eskatu zuen. Simbadek burua altxatu eta zerura begiratu zuen.

Hamar urte igaro ziren gerra horretatik. Bitartean, Simbad ohituta zegon dagoeneko emakume berri horrekin egoera, eta emakumea harekin egotera ere bai. Bere helburu bakarra familiarentzako janaria lortzea baino ez zen. Atzean geratu ziren zoriontasun osoko egunak, itsas barrenera nabigatzen zuenean, aske, salerosiz, batzuetan beldurra igaroz, baina bizitzak eskaintzen zizkion aukerei irekita beti. Askotan etsipenez oroitzen zen Zainabez, ez baitzuen ikusi Ali nola hazten zen, nabigatzen erakutsiko ziola zin egin zion Ali hori, oraindik beste neska-mutil batzuekin lokatzez beteriko kalean jolasten, edo eskola hotz eta tristean, zoriontsu izateko gaitasun handia zuena. Ali, bere etorkizuna.

Bazirudien ezin zela gauza gehiagorik gertatu, baina iparramerikarrak duela asko egiten ari ziren gerra hasteko mehatxua. Jende askoz ez zuen sinesten, baina egun batean, falutxoaz arrantza egitera irten eta hegazkinen zarata entzun zuen. Burua jaso eta oraingoan desberdina zela konturatu zen. Izan ere, asko ziren; eta handiagoak. Berehala, etxean ziren emaztearen eta seme-alaben irudia etorri zitzaion burura. txaluparen motorra abian jarri eta ziztu bizian itzuli hirira, baina ezin izan zuen portura heldu. Ehunka ontzi eta soldadu britainiar zeuden leku guztietatik. Atzera joan behar izan zuen, eta hurbil zegoen leku batean amarratu. Itsas pasealekuan, Sheraton hotela gerra-gurdiz inguratuta zegoen, eta jendea etsita sartzen zen ahal zuten guztia hartzeko, soldaduen pasibotasunaren aurrean. Handik gutxira, zementuzko erraldoia eta Irakeko luxuaren sinboloa zena, hondar bihurtu zen.

Bere auzora heltzean, Simbadek jende-piloa ikusi zuen. Ez zekien zer gertatzen zen haien artean sartzea lortu zuen arte: bere etxea eta auzoko beste batzuk misil batek suntsitu zituenl. Oihu lazgarria egin eta hara joan zen korrika. Leiho batetik sartzea lortu zuen, eta hondakinetik igarota bere emaztearen eta seme-alaben gorpuak aurkitu zituen; denak hilda zeuden. Emakumearen ondoan, Alik oraindik arnasa hartzen zuen. Umea hartu eta besarkatu egin zuen, negarrez. Azken hasperenak ziren. Besoetan jaso eta kalera irten zen. Jendea bat-batean hil egin zela konturatu zen. Gerra-gurdi ilara bat hurbiltzen ari zen. Jendea ezkutatzen hasi zen eta bakarrik geratu zen, semea besoetan zuela. Simbad tankeak zeuden lekura ibiltzen hasi zen, eta tankeek, aurrean zegoen zabalgune batean inguratu egin zuten. Aliren gorputza zeraman, odolez beteriko gorputza, Arabiako itsasoetan nabigatuko zuen, herrialde berriak eta jende berria ezagutu zituen, hizkuntzak ikasiko zituen, abenturak izango zituen, maitatu eta barre egingo zuen semean gorputza. Gero eta hurbilago zeuden tankeen lekura joaten ari zen. Ez zuen inor ikusten, ezta entzuten ere. Ez zuen malkorik. Bat-batean tankeak gelditu egin ziren. Kazetariz beteriko auto bat heldu zen, eta soldaduei hauxe esan zieten:

—Ez ukitu! Ez duzue ikusten semea hilda eramaten duela ala? —eta ondoren, argazkia atera zioten.

Argazki hori mundu osotik hedatu zen. Orduan, Simbad mundu osoan ezaguna egin zen, eta erakunde humanitario batek Amerikara joateko gonbidatu zuen, zer gertatu zen azal zezan. Baina Simbadek, zenbait urte lehenago ozeanoa zeharkatu nahi izan bazuen ere, ezetz esan zion. Kazetari bat konbentzitzen saiatu zen:

—Hara joaten bazara, telebistetan eta egunkarietan aterako zara, zer gertatu den azaltzeko aukera izango duzu, nahi duzuna esan ahalko duzu, ospetsu egingo zara eta, agian, bizitzera gera zintezke. Hemen ez duzu etorkizunik.

Baina Simbadek ez zuen ez ikusten ez entzuten. Etorkizuna besoetan hil zitzaion.

Amerika bazegoen. Duela zenbait urte Amerikari buruz hitz egiten entzun zuen; bazekien bazegoela. Ez da leku batera joan behar badagoela sinesteko. Orain, proba argiak zituen. Amerikak bere emaztea, alaba, semea, bigarren emaztea eta haren seme-alabak eraman zituen; lagunak eta auzokoak eraman zituen; baratzeetako urazak eta tomateak pozoitu zituen… Amerika bazegoen, duela zenbait urte eraso zituztelako, herrietako eta soroetako jendea, eta, gero, hilean, bost urtetik beherako bost mila neska-mutil hil zituen bahikuntza bat sustatu zuen. Bazekien Amerika bazegoela, nahikoa probak zeuden. Ez zuen joan nahi.

—Ni hemengoa naiz, jaio eta hazi ikusi nauen hirikoa. Hemen zoriontsua izan naiz, eta, hemen, amodioa aurkitu zuen. Hau da nire etxea, hondatuta, kutsatuta eta kez beterik dagoena.

*Gero eta hurbilago zeuden tankeen lekura joaten
ari zen semearekin. Ez zuen inor ikusten,
ezta entzuten ere.*

Ez dut ezer: ez ontzirik, ez etxerik, ez familiarik, ez itxaropenik. Ez zait ez eta malkorik geratzen ere, baina oraindik pertsona naiz.

Simbadek ez zuen pistolarik, misilik, bonbarik, fusilik, ez eta, noski, gerra-gurdirik ere, baina bi esku eta bi hanka zituen, eta pentsa zezakeen burua oraindik. Hainbeste maitatu zituen ur horien aurrean eserita zegoela, bere duintasuna ez zuela inork zapalduko erabaki zuen. Altxatu egin zen. Harri bat zeraman eskuan, poltsikoaren barruan. Erabakitasunez ibiltzen zen, beldurrik gabe. Hondartzaren harri bat, biribila, urak higatutakoa, tinko estutzen zuena. Basora bere etxea zen, eta ez zuen inork handik botako. Harri horrek indarra ematen zion, laztantzen zuen bitartean: bere itsasoa, bere hiria, bere musika eta bere meskitak adierazten zituen. Gehien maitatu zuen jendea adierazten zuen. Gero eta azkarrago ibiltzen zen, gerraren trumoiak eta ekaitzak kontuan hartu gabe. Basoraren erdigunera heldu zenean, esnatu egin zela zirudien: burua biratu eta beste gizon, emakume eta mutiko ikusi zituen, berak bezala, harri bat eskuan eramaten zutela. Elkarrekin zihoazen, ezer esan gabe, erabakitasunez, burua ongi jasota. Gero eta gehiago ziren, eta indartsu sentitzen ziren. Irabazteko behar zen guztia zuten: arrazoia. Denbora gehiago beharko zuten, baina lortuko zuten.

Egun batean, berriro nabigatuko zuten eta zoriontsuak izango ziren.

Irakeko herriak dagoeneko irabazi du.
Horregatik ateratzen dizkiete besoak umeei:
dagoeneko irabazi badute, gutxienez,
ez dezatela egin garaipenaren zeinua atzamarrekin.

Santiago Alba Rico

ALI BABA

ALI Baba emakume behartsu batekin ezkondu egin zen, Morgana, eta arazo ekonomikoak izan zituzten beti. Ali basora joaten zen, egurra biltzera eta zainzuriak bilatzera. Horrez gain, palmondoetatik igotzen zen, datilak hartzeko, eta gaztainak biltzen zituen sasoia zenean; gero, azokan saltzen zuen dena. Kassim bere anaia emakume aberats batekin ezkondu egin zen; merkataria zen eta dirutza handitzeko berezko gaitasuna zuen. Produktuak prezio baten truke erosten zituen, eta prezio askoz ere garestiago batean saltzen zituen; ez zuen eskrupulu handirik. Dena kontrabandoan erosten zuen mugako herrialdeetan —elikagaiak, makinak, petrolioa, sendagaiak eta abar— eta trafikatzaile-sare baten bidez banatzen zuen. Bere goiburu bakarra dirua zen. Iparramerikarren okupazioaren eraginez negozioak behera egin zuen, baina nahiko ongi moldatzen zen, okupatzaileei eta erresistentziari salduz.

Egun batean, Ali Baba basoan zegoela, hauts handia harrotzen zuen lur orotako ibilgailu-talde bat ikusi zuen.

Beldurtu egin zen eta handik hurbil zegoen koba batean ezkutatu egin zen. Iparramerikarrak baziren eta han aurkitzen bazuten, hain normala zen zerbait egiten, hots egurra mozten, egongo balitz arren, agian atxilotuko zuten.

Kobako bazter ilun batetik, arnasari eutsita, aurki ez zezaten, soldaduak ikusi zituen, eta iparramerikarrak ziren, bai. Armaz beteriko kaxak deskargatu eta ezkutatuta zegoen gordailu batean sartzen zituzten, bera zegoen koba berean. Hasiera batean harrituta geratu zen Ali, baina gero pentsatu zuen ziur asko erreserbako gordailua zela, erresistentziak kuartela eraso eta arma-biltegiak suntsitzen bazituen. Iparramerikar horiek oso azkarrak ziren.

Kaxa guztiak sartzen bukatu zutenean, soldaduetako batek kode berri bat sartu zuen kobaren paretan ezkutatuta zegoen teklatu batean, eta atea, ireki zen bezala itxi egin zen. Gero, kodea idatzita zuen paper zatia poltsikoan gorde zuen soldaduak. Koban geratzen zen azkena zen; hala ere, utzi baino lehen, zapi bat atera zuen poltsikotik aurpegian zuen izerdia lehortzeko. Gero, zapia gorde eta koba utzi zuen, zapia ateratzean kodea zuen paper zatia lurrera erori zitzaiola konturatu gabe. Ali Babak, soldaduak egindakoa arretaz jarraitu zuena, autoen motorrak entzun arte itxaron zuen, ezkutalekutik ateratzeko eta zuzenean paper-zatia hartzera joateko. Eskuetan hartu eta aztertu zuen. Hamar zenbaki eta letren arteko konbinazioa zen. Horrela, ikusi zuen moduan, paretan zegoen teklatuan markatu zuen. Atera ireki eta aurrean hainbat arma-kaxa pilatuta ikusi zituen, harrituta.

—Alajainkoa! Hau bai benetako armategia! —marmar egin zuen. Eta berehala armaren bat hartzea pentsatu zuen, bere familia defendatzeko.

Bizi ziren auzoan, egunero, soldadu-taldeak sartzen ziren etxeetan ustekabean, miatu eta bizilagunak erama-

...soldaduek, hain zuzen, iparramerikarrak zirenek,
armaz beteriko kutxak deskargatzen zituztela
eta bera zegoen koba berean ezkutatuta zegoen
gordailu batean ezkutatzen zituztela ikusi zuen.

ten zituzten. Terroristak bilatzen zituztela zioten. Oso gutxi itzultzen ziren, eta itzultzen zirenek, oso egoera penagarrian egiten zuten. Jendeak nahiago zuen hilda egotea horrela itzultzea baino.

Bestalde, etxean arma bat izatea oso arriskutsua zen... Ez zekien zer egin, baina azkenean, familiaren segurtasuna bermatzea erabaki zuen. Horrela, fusil erdiautomatiko bat eta zenbait kargadore hartu zituen. Ondoren, kodea sartu zuen berriro, atea ixteko, eta etxera itzuli zen.

Ali Baba oso urduri zegoen aurkikuntzarengatik eta gertatutakoa azaldu zion emazteari. Arma, etxeko leku sekretu batean ezkutatzea erabaki zuten. Leku horretara erraz hel zitekeen, soldaduak gauean etortzen baziren. Horri buruz hitz egiten zuten bitartean ez ziren konturatu Ahmed, semerik txikiena, ondoko gelan zegoela eta entzuten ari zitzaiela.

Hurrengo egunean, Ahmed, arratsaldero, Kassim osabaren etxera joaten zena lehengusuarekin jolastera, hauxe esan zuen:

—Orain dagoeneko ezin zaigu ezer txarrik gertatu, aitak koba batean aurkitu zuen arma oso ona duelako, eta soldaduak gauean etortzen badira min egiteko, hil egingo ditugu!

Kassimek hori entzun zuenean guztiz harrituta geratu zen. Armak negozio ona ziren beti! Bere anaiak arma nondik atera zuen jakin behar zuen.

Arratsalde horretan bertan Kassim Ali Baba ikustera joan zen, eta armari buruz galdetu zion, ea nola lortu zuen. Ali Babak dena kontatu zion. Orduan, Kassimek, kodiziak hartuta, arma guztiak lapurtzea eta eskaintzailerik onena saltzea proposatu zion; berdin zion herrialdean eta herrialdetik kanpo egitea.

—Afganistanen dirutza ordainduko ligukete armen truke —esan zuen pozaren pozez.

—Zoratuta al zaude ala? Proposatzen duzuna oso arriskutsua da. Zer uste duzu egingo dutela iparramerikarrek koba hutsik aurkitzen dutenean?

—Konturatzen direnerako aberatsak izango gara, eta hemendik urrun egongo gara.

Bi anaiek luzaro eman zuten eztabaidatzen, Kassimek Ali Babari mehatxu egin zion arte. Armekin negoziorik egiten ez bazuen, iparramerikarren aurrean salatuko zuela esan zion. Ali Babak pentsatu zuen, beste askotan erakutsi zion moduan, dirua nahiago zuela bera baino. Nola egon litezke pertsona hain zekenak munduan? Biek ama bera zuten, esne bera hartu zuten eta eskola berara joan ziren… Orduan, nola izan zitezkeen hain desberdinak?

—Ez al zara konturatzen hori egiten uzten badizut, gu arriskuan jartzeaz gain, gure familiak ere arriskuan jarriko ditugula? Ez zaizu axola zure familia, Kassim? —esan zion Ali Babak.

Kassim haserre jarri zen bere anaiaren burugogorkeriarengatik, eta lepotik heldu zion.

—Bizitzako negoziorik handiena egiteko aukera dut nire aurrean, eta zuk ez didazu eragotziko. Ez badidazu esaten non dagoen koba, etxe honetatik atera eta iparramerikarren koartelera joango naiz zuzenean.

Hotzikara sentitu zuen Ali Babak gorputzean. Bere anaia hori eta askoz ere gauza txarragoak egiteko gai zen. Beraz, armak non zeuden azaldu eta hara sartzeko eta ateratzeko kodea zuen papera ere eman zion. Nahi zuena egin zezakeen, izan ere, berak ez zuen ezer gehiago jakin nahi; ez berari buruz, ez eta armei buruz ere.

Hurrengo goizean Kassimek kamioneta hartu zuen eta kobarantz joan zen. Ezinegon, kode sekretua markatu zuen, atera ireki eta arma-gordailura sartu zen. Han barruan zegoena aztertzen zuen bitartean inork ez ikusteko, barruko teklatuan markatu zuen kodea, eta atea berriro itxi egin zen. Alajainkoa! Pilatuta zeuden kaxa horien barruan zegoena ikusi zuenean poztu zen. Hori, merkatu beltzean saltzen bazuen, dirutza handia aterako zuen! Orduan bai aberastuko zela, betiko. Eta dena salduta zuenean, beste herrialde batera joango litzateke bere familiarekin. Iparramerikarrek bila zezatela. Hainbeste urte pobrezian eta gerretan emanda, gogaituta zegoen. Bera bezalako negozio-gizon batek aukerak izango zituen eta goretsita izango zen leku batera joango ziren. Garatzeko bidean zegoen herrialde batera. txinara, esaterako. Hainbeste aukera zegoen munduan!

Denborarik galdu gabe, Kassimen zenbait kaxa hartu eta ate ondoan utzi zituen, gero, kamionetan sartzeko. Kobatik ateratzeko unea heldu zenean, eskua poltsikoan sartu zuen kodea zuen papertxoa ateratzeko. Baina ez zuen aurkitu!

—Non arraio jarri dut paper-zatia? —gaitz esan zuen, urduri, poltsiko guztietan begiratzen zuen bitartean—. Ziur aski lurrera erori zait kaxak eramatean. Lasai, lasai, aurkitu behar dut.

Igaro zen lur zati bakoitza arakatu zuen, baina ez zuen papertxoa aurkitzen. Denbora luzea eman zuen bilatzen, etsita, ezagunak iruditzen zitzaizkion kodeak probatzen hasi zen arte: DX450MA789. Ezin. DZ450MA739. Ezin! JX450ME789. Ezin!! Atea ez zen irekitzen. Gero eta urduriago zegoen. Zertxobait lodi zegoenez, hiltegian sartzen den txerri batek moduan izerdi egiten zuen. «Atera behar zait, atera behar zait», errepikatzen zion bere buruari animatzeko. Baina ez, kode zuzena ez zitzaion ateratzen. Burua bueltaka ari zitzaion, eta zorabiatzeko moduko burrunba entzuten zuen. Azkenean, barrutik burrunba zuena ez zela bere burua bakarrik konturatu zen, izan ere, kanpotik ere burrunba zetorren… motorrak ziruditen… Bai, hurbiltzen ari ziren autoen motorrak ziren… eta geldituz egin ziren!

Kassimi bere anaiaren aholkuak etorri zitzaizkion burura, beldurrak eraginda nahastuta zuen buruko pentsamenduen artean. Kaxa batzuen atzetik ezkutatzeko denbora baino ez zuen izan, bere asmo handiaz deitoratzen zen bitartean. Alferrik, soldaduek bere kamioneta ikusi zutelako kanpoan, eta bost minutu ere ez zituzten behar izan aurkitzeko.

Bitartean, bere etxean, Kassim etxera ez zela itzultzen ikustean, kezkatzen hasi zen Fatima, bere emaztea. Bazekien zer egitera joan zen, eta orduek aurrera egin ahala, estutasuna ere handituz joan zen. Azkenean, Ali Babarengana joan zen.

Iluntzean Ali Baba kobara joan zen, eta sarreran, bere anaiaren gorpua ikusi zuen, odola zerion haragi piloa bihurtuta. txakur basatiren bat irensten ere hasia zen. Kamioneta ez zegoen. Hildakoaren gorpura hartu, eta, ezkutuan, etxera eraman zuen. Zer egin behar zuen orain?

—Ez naiz ausartu han bertan lurperatzera, soldaduak itzultzearen beldur nintzelako —esan zion haren emazteari—. Bestalde, bere etxera eramatea okerragoa izango litzateke; Fatima oihu eta negar egiten hasiko zen eta auzoko guztien arreta erakarriko zuen… Zer egin dezakegu?

Morganak, ederra izateaz gain azkarra ere bazenak, berehala aurkitu zuen irtenbidea. Kassimen gorpua zaku baten barruan, patioan, altzari zahar batzuen azpian, ezkutatuta uztea proposatu zuen. Negua zen eta gorpuak ongi iraungo zuen. Hori eginda, poliziarengana joatea esan zion Ali Babari, eta bere anaiaren kamioneta lapurtu zutela salatzea.

—Galdetzen badizute ea zergatik ez den etorri zure anaia salaketa egitera, esan oso gaizki dagoela.

Hurrengo egunean, lehen orduan, Morgana farmazialariaren etxera joan zen, eta hauxe esan zion:

—Erremedioren bat eman ahal didazu Kassim nire koinatuarentzat, oso gaizki dago eta? Etxera eraman behar izan dugu, emazteak ezin zuelako zaindu.

Farmazialariak sabeleko minerako sendagaiak eman zizkion, emakumeak azaldu zion moduan, eta egun bat igarotzea utzi zuten. Hurrengo egunean, bere koinatua gaixoago zegoela esanez itzuli zen farmaziara. Hirugarren egunean, hil egin zela esan zuen eta inor ez zen harritu. Inbasioak hasi zirenetik, heriotzak ohikoak ziren. Denbora horretan ez zuten utzi koinatua kalera ateratzea, engainuaren berri eman ez zezan. Orduan, Kassimen familiak hileta egingo zuela adierazi zuen, eta mundu guztiak normaltzat hartu zuen. Gorpu bat hilkutxa baten barruan. Zulo bat hilerrian, burua Mekara begira jarrita. Malkoak eta negarrak. Lagunen eta auzokoen doluminak. Zenbat gozoki eskertzeko. Kassimen gorpua desagerrarazteko arazoa konponduta zegoen. Baina oraindik beste arazo bat zegoen.

Iparramerikarrek kobaren barruan harrapatu zuten gizona nor zen jakin nahi zuten, irrikan zeuden. Batzuetan gertatzen zen moduan, soldaduek lehendabizi tiro egin zuten, eta, gero, nor zen galdetu zuten. Eta tiroek zuzenean sarkinaren gorputzean jo zutenez, ezin izan zien egin nahi zizkioten galdera bat berari ere erantzun. Nor zen? Nola sartu zen hara? Inork eman al zion kodea? Eta horrela gertatu bazen, zenbat pertsona gehiagok ezagutzen zuten, eta nor ziren?

Gorpu bat hilkutxa baten barruan.
Zulo bat hilerrian, burua Mekara begira jarrita.
Malkoak eta negarrak.

Badaezpada armak kobatik atera zituzten iparramerikarrek eta beste gordeleku batera eraman zituzten. Gero, kamioneta ikertzen hasi ziren.

Bagdadeko administrazioaren kaosaren erdian, astebete behar izan zuten jakiteko kamionetaren jabea, Kassim izeneko merkatari bat zela, eta hiru egun lehenago lurperatu zutela gaixotasun batengatik.

—Hain gaixo bazegoen, zer egiten zuen bere kamionetak kobaren aurrean? —galdetu zion Irakeko poliziaren Fahad inspektoreak Ali Babari.

—Hain zuzen arratsalde horretan lapurtu zioten —erantzun zion Ali Babak, ahal izan zuen lasaitasun guztiarekin, eta lapurretaren salaketaren egiaztagiria erakutsi zion.

Ez zegoen ezer gehiagorik esaterik. Baina inspektorea ez zen guztiz konbentzituta geratu; susmagarria iruditzen zitzaion guztia. Eta horrela esan zien iparramerikarrei.

Ez zuten frogatzerik Ali Babak kobaren berri zuela, eta, horrez gain, bazekiten bere anaiaren negozioetan ere parte hartzen ez zuela. Baina susmagarria zen eta ez zuten arriskurik hartu nahi. Atxilotu behar zituzten, Ali Baba eta bere familiakoak, itauntzeko.

Baina Ali Baba bere auzoan oso pertsona ezagun eta preziatua zenez, eta atxilotzeak arazoak ekar zitzakeenez, Fahad inspektoreak, ezkutuan, zaratarik gabe, eramatea gomendatu zuen. Eta *Mila eta bat gau* ipuinetik aterata zegoela zirudien plana proposatu zien.

—Hemen olio kantitate handia salerosten da, ezta? Ikusi dituzue merkatariak? Gasolina lortzeko arazo handiak dituztenez, astoen sistema zaharrera itzuli dira salgaiak garraiatzeko. Ez da hala? —esan zuen Fahad inspektoreak, iparramerikarren aurrean merituak lortu nahian—. Bada nire gizonak eta ni olio-salerosle bihurtuko gara eta Ali

Baba, haren emaztea eta lau seme-alabak ekarriko dizki-zuet, inor konturatu gabe.

Iparramerikarrei barregarria iruditu zitzaien Faha-den burutazioa, baina onartu zuten. Esaten zuena egiten bazuen, Fahadek txokolate-hornidura ziurtatuta izango luke han zeuden bitartean. Eta Fahadi izugarri gustatzen zitzaion txokolatea!

Fahad inspektoreak zortzi tina erosi eta lau astoren bizkarrean jarri zituen, olioz beterik zeuden antza eginez. Baina, egia esan, bi bakarrik zeuden olioz beterik; beste bietan polizia bana zegoen barruan. Taldea komisariatik atera zen, hiri gehiena zeharkatu eta Ali Babaren etxera heldu zen. Eguzkia sartuta zegoen mendien artean, eta hotz handia egiten hasia zen. Fahad inspektorea olio-sal-tzailez mozorrotuta zegoen, eta atea jo zuen. Horrela, Kassim bere anaiaren lagun zaharra zela azaldu zion Ali Babari, eta negozioak egiteagatik ezagutzen zutela elkar. Haren etxera joan zela, baina deitu aurretik, auzoko ba-tzuek esan ziotela Kassim hilda zegoela eta haren familia oso hunkituta zegoela. Horregatik, gau hori emateko os-tatu eskatu zion, ez baitzuen hildakoaren senideak go-gatu nahi. Berandu egin zitzaiola, eta hurrengo egunean Kazimiyarantz jarraitu behar zuela olioa saltzeko.

—Ez naiz poliziarengan fidatzen… —esan zion Fa-hadek behingoz konbentzitzeko—. Astoak kalean uz-ten baditut, beldur naiz salgaiak konfiskatzea. Badakizu zenbat balio duen gaur egun olioa aurkitzea. Eta nire-tzat dena da. Nire emaztea eta zazpi seme-alabak etxean ditut zain olioaren salmentarekin ateratzen dudanare-kin. Guztion ogia da —eta hitzak irudikatzeko, lehen astoaren tina baten barruan olio-neurria jarri eta bete-rik atera zuen—. Zure abegi ona ordaintzeko sukaldeko tina beteko dizut.

Azken argudio horrekin, Ali Babak merkataria bere etxean hartzea egokia zela erabaki zuen. Patiora eraman eta astoak kortan utz zitzakeela esan zion. Animaliak dagoeneko bere lekuan zeudenean, etxera sartzera gonbidatu zuen.

—Oh, ez, ez, ez dut gogaitu nahi. Nahiago dut hemen geratzea, kortan, astoekin. Ez kezkatu nitaz. Oso nekatuta nago eta berehala geratuko naiz lo.

Ali Babari arraroa egin zitzaion gizonak bere abegi onari ukatzea, baina ez zion berriz esan; agian bere salgaiaren ondoan atseden hartu eta hura zaindu nahi zuela pentsatu zuen.

Etxean sartu zenean dena azaldu zion Ali Babak Morganari, afaria prestatzen ari zena. Emakumea ados agertu zen emazteak hartutako erabakiarekin, hots, merkataria hartzearekin.

—Bukatzen dudanean salda apur bat jaitsiko diot.

Ali Babak kortara joatea debekatu zien seme-alabei, merkataritza ez gogatzeko, eta geroago enkargu bat egitera joan zen.

—Ez berandutu, afaria ia prest dago eta —esan zion emazteak irteten ikusi zuenean.

Eta afaria prestatzen jarraitu zuen. Salda iragazi eta kaiku bat bete zuen; gero, merkatariari eraman zion. Baina atetik. hurbil zegoenean, ahots-zurrumurrua entzun zuen. Pixkana, hurbildu egin zen.

—Denak lo egon arte itxarongo dugu ekiteko —entzun zion gizonezko ahots bati.

—Baina oso deseroso gaude tinen barruan, inspektore —kexatu zen ezkutatuta zegoen polizietako bat.

—Shhhhh! Isildu! Konturatzea nahi al duzu, ala?

Horrekin, Morganak nahikoa izan zuen zer gertatzen ari zen ulertzeko. Gizon hura ez zen merkataria; gau horretan bahitu nahi zuen norbait baizik. Ala gupida dadila

*Taldea komisariatik atera zen,
hiri gehiena zeharkatu eta Ali Babaren
etxera heldu zen.*

haietaz! Zer egin zezaketen? Egoera horrek, tinetan ezku-
tatuta zeuden berrogei lapurren ipuin ospetsu hori ekarri
zion gogora.

—Bada ipuinaren protagonistak egin zuen gauza bera
egingo dut neuk! Zuhurtasunez jokatuko dut! —esan
zuen, hasierako ezustekotik suspertuta.

Zaratarik egin gabe sukaldera itzuli zen, eta saldaren
ordez, janariz beteriko erretilu handi bat prestatu zuen.
Familiak arratsalde horretan afaltzeko egindako guztia ja-
rri zuen erretiluan. Ondoren, opioz egindako narkotiko
baten bila joan zen. Dosi oso txikitan emanda, insom-
nioari eta minei aurre egiteko erremedioa zen. Horrela,
janarietan bota zuen. Bankete zoragarri horrekin kortara
jaitsi zen. Sartu aurretik atea jo zuen, entzun ziezaioten.

—Merkatari jauna! Afari apur bat dakarkizut. Sar
naiteke?

Estututa zeuden urrats batzuk entzun zituen korta-
ren barruan. Azeriak beren zuloetara itzultzen ari ziren.

—Bai, itxaron apur batean…, jantzi arte…

Aitzakia zen, noski. Nork kenduko zuen arropa lo
egiteko hozkailu bat bezain hotza zegoen korta batean?

—Pasa zaitezke dagoeneko —esan zuen, azkenean,
ustezko merkatariak.

Morgana erretilua eskuetan zuela sartu zen. Fahad
inspektoreak eskaintzen ziona ikusi zuenean, harrituta
geratu zen jende haien abegi onarekin.

—Zer dela eta hainbeste janari, emakume? Hemen
errejimentu batentzat dago eta!

—Emazteak esan dit oso nekatuta zaudetela, eta, bi-
har, Kazimiyako merkatura joan behar duzuela saltzera.
Hemendik hogei kilometrotara dago. Indarberritu behar
duzue.

—Baina hau gehiegi da.

*Eta inozo moduan ez geratzeko eta iparramerikarrak
Ali Babaz eta bere familiaz ahazteko, azken
unean gauzak okertu zirela eta guztiak
hil egin behar zituztela esan zien.*

—Gonbidatuak printzeak izango balira bezala tratatzea gustatzen zaigu gure etxean. Zuen esker onak ohoratzen gaitu. Ez utzi ezer erretiluan; bestela, saminduko gara.

—Ez eta gutxiago ere, nire asmoa ez da samintzea —esan zion iruzurtiak nolabaiteko alhaduraz.

—Jan gustura, eta lasai lo egin. Bihar platerak eta erretilua hartzera etorriko naiz.

Morgana kortatik irten eta atea itxi zuen, aurreikusitakoa bete zedila eskatuz.

Ali Baba heldu zenean gertatutakoa eta berak egindakoa kontatu zion. Dena aurreikusi moduan ateratzen bazen, ustezko merkatariak eta bere gizonek janaria hartuko zuten, eta handik gutxira, lo sakonean sartuko lirateke, beraiek ihes egiteko.

Eta horrela gertatu zen. Hain zuzen ere, Fahad inspektoreak eta bere gizonek afari oparo hori hartu zuten, Morganak pentsatu zuen moduan, eta hain sakon geratu ziren lo ez zirela kontura ihesaren prestaketaz. Ihesean lau astoez baliatu ziren, etxeko gauza guztiak garraiatzeko. Morganaren azkartasunak berriz egoera ahulaz salbatu zuen familia.

Hurrengo egunean, Fahad inspektorea eta bere gizonak esnatu zirenean, etxea hutsik eta ohar bat aurkitu zuten. Hau jartzen zuen: «On egin!».

Inspektorea burlatuta sentitzean oso haserre jarri zen. Baina horretan pentsatzen zuen heinean, lasaitzen joaten zen, emakume horren ausardiaz eta azkartasunaz konturatzen zelako. Egoerak grazia egin zion unea heldu zen arte. Eskarmentu hura merezi zuen, jende gaixoari kalte egin nahi izan ziolako.

Eta inozo moduan ez geratzeko eta iparramerikarrak Ali Babaz eta bere familiaz ahazteko, azken unean gauzak

Ihes egiteko lau asto jasankorrez baliatu zen,
etxeko gauza guztiak garraiatzeko.

okertu zirela eta guztiak hil egin behar zituztela esan zien. Baina diskrezio handiaz egin zutenez, auzokoak ez zirela ezertaz konturatu.

Gezur horren ondoren, gizonekin partekatutakoa, noski, ergelak iruditzea ere nahi ez zutelako, Fahadek bere kontzientzia lasaitu eta nahiko pozik geratu zen. Hori bai, txokolaterik gabe. «Hiltzea ez zen tratuan barne hartzen», esan zieten iparramerikarrek. «Ezinbesteak bultzatuta izan da», erantzun zien, eurek askotan esan zuten moduan.

Denbora igaro egin zen. Ali eta Morgana zahartu ziren, eta apalki bizi ziren, baina lasai, Jordanian. Heriotzak haien bila joaten zenean, beren buruekin bakean zeudela aurkituko zituen, beren erlijioaren arau guztiak bete zituztelako, inori kalte eginez saiatuz eta behartsuei lagunduz.

ALADINO ETA KRISEILU MIRAGARRIA

FAMILIA umileko gaztea zen Aladino. Hamabi urte zituen, eta bizitzeko gogo handia. Aita gerran hil zen, eta amak, jostun batentzako arropa josten zuen. Ruzafako auzoan bizi ziren, Bagdadeko alde zaharrean, Tigris ibaitik oso hurbil. Joaten zen eskola zaharra eta hotza zen. Paretak biluzik zeuden, baina ez zen falta presidentearen erretratu handia. Apurtuta zegoen beiraren bat ere bazegoen; duela zenbait hilabetetik zegoen horrela, baina ez zuen inork aldatzen. Irakaslea emakume oso altu eta lodia zen. Ez zien errietarik botatzen, nahiz eta askotan bihurrikeriaren bat egin. Emakumeak nekatuta zegoen itxura zuen beti, eta Aladinok eta bere ikaskideek ez zekiten zergatik, beraiek korrika eta salto egiteko gogo handia zutelako. Baina noizean behin, ikaskideren batek egun batean eskolara joateari uzten zion eta ez zen berriz itzultzen. Orduan, zer gertatzen zen argi jakin gabe, jolasak eten egiten ziren eta begiradak lausotzen ziren. Aladinok bere amari galdetzen zion zergatik bat-batean ume batek eskolara joateari uzten zion, eta beti erantzun bera jasotzen zuen: «Gosez, beldurrez edo tristeziaz hil egin da». Aladino isil eta triste egoten zen zenbait egunetan, baina ez zen luzaroan egoten horrela, eta azkenean, jolasteko gogoa sartzen zitzaion berriz.

Batzuetan, eskolatik irteten zirenean, ume batzuk Mustansiriyara joaten ziren. Bagdaden kokatuta zegoen kalifen dinastia zaharra zen abbastarren garaian, unibertsitate oso garrantzitsua izan zen, astronomian, farmazian eta medikuntzan aurreratuen zeuden gaiak irakasten zituelako. Erdiko patiora sartzen ziren eta geletako leihoetatik zokomiran ibiltzen ziren.

Arratsalde askotan, Aladino eta bere lagunak eskolako teilatuetara igotzen ziren, eta orduak ematen zituzten ibaiari begira. Tigris ibaiak hiria banatzen zuen eta hamar zubi zeuden ertz batetik bestera zeharkatzeko, beti autoz, kamioiz, bizikletaz eta gurdiz beteta zeudenak. Gerren ondorioz hondatuta zeuden, eta Bagdadeko biztanleek, behin eta berriz berreraiki zituzten. Handik, eguzkia ezkutatzean, gorriz janzten zituen etxeetako teilatuak eta meskiten minareteak. Gau batzuetan, konturatu gabe iluntzen zen; oso berandu itzultzen ziren etxera eta amak oso atsekabetuta aurkitzen zituzten hain berandu heltzeagatik.

—Mila aldiz esan dizut ez dudala nahi ordu hauetan kaleetatik ibiltzea! —oihu egiten zion amak Aladinori, berak begirada jaisten zuen bitartean, damututa.

Eskolan ematen zituen orduak alde batera utzita, Aladinori hurbilen zuen azokara joatea gustatzen zitzaion. Han, poltsikoak soberako frutaz eta barazkiez betetzen saiatzen zen. Eta beti geratzen zen liluratuta pieza bat forjatzen zuen errementari bati, zapata ontzen zuen zapatari bati eta idazten ez zekien pertsona batentzat gutun bat idazten zuen eskribau bati begiratuta. Asko ikasi nahi zuen eskolan, nahi zituen beste gutunak idazteko.

*Joaten zen eskola zaharra eta hotza zen. Paretak biluzik
zeuden, baina ez zen falta presidentearen erretratu handia.
Apurtuta zegoen beiraren bat ere bazegoen; duela zenbait
hilabetetik zegoen horrela, baina ez zuen inork aldatzen.*

Arratsaldeetan, amarekin afari arina hartuta, Aladino Tigris ibaiaren ertzetik paseatzera joaten zen, eta, ohikoa zenez, arrainak txingarretan, erditik irekita eta makil batez zeharkatuta, nola prestatzen zituzten begiratzen zuen. Abu Nuwaseko kaletik joaten zen, Jumjouriyako zubitik uztailaren 14ko zubiraino. Horiek ziren Saddamen garaiko izenak, eta izen berarekin jarraitzen zuten oraindik. Ez zuen ezer jaten, baina usaintzea aparteko plazera bihurtu zen; sudur-hobiak ongi irekitzen zituen, arnasa sakon hartu eta usainak sudurretik barneraino, ia urdaileraino, sartzen uzten zituen… eta pozik sentitzen zen. Gero, kaira joaten zen. Han, Xerezaderen omenezko monumentua zegoen, *Mila eta bat gau* ipuinen emakumezko heroia zena.

Arratsalde batean, uretatik oso hurbil, arrantzale bati begiratzen zion bitartean, uretan distira egiten zuen objektu bat ikusi zuen. Kontu handiz hurbildu zen, hartu, eta eskuetan zuenena kriseilu bat zela konturatu zen. Ez zen oso handia, eta kobrezkoa zirudien. Orduan, txikitan, amak lo egiteko kontatzen zion ipuinaz gogoratu zen: «Gaur egun ez dago jeinurik!», esan zion Aladinok bere buruari. Baina ezin izan zion eutsi eta kriseilua igurtzi zuen: hasiera batean, astiro; gero, indar handiagoarekin. «Gutxienez lehen baino distiratsuago utziko dut etxera eraman eta amari oparitu aurretik», pentsatu zuen. Baina bere bizitzako ustekaberik handiena hartu zuen, izan ere, bat-batean, kriseiluaren barrutik burrunba bat atera zen, irakiten duen urarena bezalako. Berotzen eta kea ateratzen hasi zen, azkenean, jeinu bat atera zen arte. Hori ezin liteke egia izan, ipuinetan baino ez zen gertatzen! Aladinok begiak igurtzi eta masailak zimikatu zituen, esnatuta zegoela egiaztatzeko. Horrela, harrituta begiratu zion bere aurrean eserita jarraitzen zuen jeinuari.

*Aladinok begiak igurtzi eta masailak zimikatu zituen,
esnatuta zegoela egiaztatzeko. Horrela, harrituta begiratu
zion bere aurrean eserita jarraitzen zuen jeinuari.*

—Nire jabe —esan zion irudi arraro horrek burua makurtzen zuen bitartean—, eskertzen dizut ilunpeetatik atera izana. Ehunka urte dira dagoeneko kriseilutik ateratzen ez nintzela!

—Benetako jeinua al zara ala amesten ari naiz? —galdetu zion Aladinok, apur bat harrituta oraindik.

—Ez —erantzun zion jeinuak—, ez da ametsa. Jeinuak mundua sortu zenetik gaude, eta beti egongo gara. Gure eginkizuna jabeen esanetara jartzea da.

—Nire esanetara? —erantzun zion Aladinok, sinesgaitz—. Nola jar zaitezke nire esanetara?

Orduan, hiru desio eman ziezazkiokeela azaldu zion; baina gauza oso garrantzitsuak ezin zizkiola eskatu argitu zion, goi-mailako jeinua ez zelako.

—Zer esan nahi du ez zarela goi-mailakoa?

—Bada oso erraza. Futbolean lehen, bigarren eta hirugarren mailako taldeak daude, ezta?, ba jeinuen munduan gauza bera: hainbat kategoriatako jeinuak daude. Gure jabeen desioen bidez munduaren ongizateari gauza garrantzitsuak ekartzen badizkiogu, mailaz igotzen gara.

—Eta nork erabakitzen du hori?

—Handiki Aparten Kontseiluak.

Zenbat eta gauza gehiago entzun, orduan eta harrituago zegoen Aladino. Ez, ezin zen hori guztia egia izan. Baina, eta egia izango balitz? Hori frogatzeko modu bakarra egiaztatzea zen.

—Desio bat eskatuko banizu, emango al zenidake?

—Desio txikia bada...

—Zenbateraino izan behar du txikia?

—Bada... zeri buru ari naizen jakiteko, eskatu ezin dizkidazun gauza batzuk esango dizut. Esaterako, ez dut botererik pertsonen bizitzaren edo heriotzaren gainean; ezin zaitut beste leku batera eraman; ezin zaitut aberatsa egin; ezin dut hiltzaile bat hil, ez eta gerra bat saihestu ere…

Aladinok bizkarrari eragin eta hauxe galdetu zion:

—Orduan, zer egin dezakezu?

Jeinuak mesede asko eman ahal zizkiola erantzun zion; baina ezohiko gauzarik ez. Eta eguneroko bizitzan egiten zuenean, bere amak, lagunek eta bestelakoek egiten zutenean pentsatzea gomendatu zion. Orduan, berehala izan zuen argi Aladinok zer eskatuko zion.

—Pertsona haiek jaten ari diren bezala arraina jan al dezaket? —galdetu zuen, hurbil zegoen jatetxe bat seinalatuz.

—Noski!

Esaldia ia bukatu gabe, egin berria zegoen karpa bat zuen erretilu handia aurkitu zuen aurrean Aladinok. Erditik ebakita zegoen, gatzez eta espeziez ondua, eta usain gozoa zerion.

—Arraioa! —oihu egin zuen. Eta gehiago itxaron gabe, irensten hasi zen.

Jaten hasi zenetik tartetxo bat igarotakoan, atzamarrak ez erretzen saiatuz, arnasa sakon hartu zuen eta geratzen zitzaion arraina amarentzat gordetzea pentsatu zuen. Izan ere, dagoeneko nahiko beteta zegoen. Burua altxatu eta jeinuari begiratu zion. Han zegoen, pozik, bere ondoan.

—Eta beste gauza bat eskatzen badizut, emango al didazu?

Jeinuak orduan Desioak Emateko Arautegi Orokorra azaldu egin zion. Hiru desio eska ditzakezu, beti egin den moduan.

—Ez duzu inoiz ipuina irakurri ala? —gaitzetsi zion.

Denak batera edo banan-banan eska zitzakeen. Hala ere, ez ziren desioak etengabe ematen; hau da, behin hiru lehenak emanda, hiru hilabete igaro arte ezin zezakeen

beste desiorik eskatu. Pilak berriz kargatu beharko li-
tuzke!

Aladino gazte zuhurra zen, eta beste bi desioak zein
izango ziren ongi pentsatzea nahiago izan zuen. Oraingoz,
ase zegoela esan zion jeinuari, eta jeinua kriseilura itzuli
zen. Aladino etxera joan zen, esku batean kriseilua eta bes-
tean arrain erdia zituela. Ama oso pozik jarri zen oraindik
bero zegoen karpa hura ikusi zuenean. Semeak esan zion
jatetxe batean oparitu ziotela, eta emakumeak onak sinetsi
zion. Ez zion azaldu nahi kriseiluaren istorioa; sekretuan
izatea nahiago zuen.

Gau hartan, Aladinok ezin izan zuen ia lorik egin.
Hurrengo egunean, eskolan, bere lagun minenari (Jamil)
azaldu zion gertatutakoa. Jamili, lehendabizi, arreba za-
harrena hil zitzaion, eskolatik itzultzen ari zenean bonba
batek eztanda eginda, eta, geroago, beste anai bat ere hil
zitzaion, lagun batekin futbolean jolastera joan eta da-
goeneko ez zelako berriz itzuli; orain ama zen gaixorik
zegoena. Jamil eta beste anai txiki bat aurrera ateratzeko,
amak oso gutxi jan zuen, eta gripea hartu zuenean oso
gaixorik jarri zen. Horregatik, Jamilek hauxe galdetu zion
Aladinori:

—Uste al duzu jeinu horrek sendagairen bat lor de-
zakeela nire amarentzat?

Aladinok argi ikusi zuen berehala. Arrazoi ona zen
hori bigarren desioa eskatzeko. Horrela, eskolarako bi-
dean, ibaitik urrun zegoen bazter baterantz korrika egin
zuten. Aladinok kriseilua igurtzi eta jeinua berriz atera
zen. Orduan Jamilen amarentzat antibiotikoak ematea
eskatu zion.

—Oh, antibiotikoak, antibiotikoak —protesta egin
zuen jeinuak—. Zuek uste duzue hori lan erraza dela.
Baina nik ezin dut, beste barik, antibiotikoz beterik da-

goen kamioi bat agerrarazi. Oso antibiotiko gutxi dago; jeinuentzat ere bai.

—Zenbat ekar zenitzake? —erregutu zion Jamilek.

—Desio bakoitzeko, gehienez, bost kaxa.

Elkar begiratu zuten bi lagunek eta keinu batez onartu zuten. Aladinok hitz bat baino ez zuen esan:

—Bale!

Eta, han bertan, harri baten gainean, antibiotikoz beterik zeuden bost kutxa handi agertu ziren. Jamilek berehala hartu zituen, Aladino besarkatu eta etxera joan zen korrika.

Aladinoren hirugarren desioa josteko makina bat izan zen, amarentzat. Bazekien hiru hilabete igaro arte ezin izan zuela beste gauza gehiagorik eskatu. Bere amak, josteko makina horrekin, lana hobeto eta azkarrago egin ahal izan zuen. Baina gauzarik onena, Jamilen ama, osorik izan ez bazen ere, sendagaiekin sendatu egin zela izan zen.

Handik hiru hilabetera, Aladinok desioak eskatu zituen berriz. Zeuden mugak kontuan hartuz, gauza oso normalak eskatzen zituen Aladinok, hala nola fruta-kaxa bat, arropa, sendagai gehiago Jamilen amarentzat edo behar zuen auzokoren batentzat, eta gasolina-latak, gero, semaforo batean saltzen zituena.

Egunak eta hilabeteak igaro ziren, baina kalera irtetea arriskutsua zen oraindik. Edozein izkina, meskita, merkatu edo eskolaren aurrean, bonba batek eztanda egin zezakeen. Bagdaden ez zuten biharko egunari buruz hitz egiten; jendeak oraina bizi zuen.

Iparramerikarrek diktadorea bere postutik kentzeko inbaditzen zutela esan zuten, baina herrian geratu eta bere egin zuten. Hauteskundeak izan ziren, baina indarkeriak jarraitzen zuen kaleetan. Bazirudien Bin Ladenen jarraitzaileek edozein lekutan bonbak jartzen gozatzen zutela! Hobetu ordez, egoera lehen baino txarragoa zen, atzerriko soldaduez gain, han, Irakeko armada zegoelako. Horrez gain, miliziak zeuden; ez zegoen jakiterik nondik ateratzen ziren, eta jendea hil eta desagerrarazten zuten. Aladinok askotan ikusi zituen eskolako lagun asko umezurtz geratzen, seniteren bat hil edo desagertu egin zelako. Orduan, bizitzeko ezer ez zutenez, banda kriminaletan sartzen ziren, eta, haietan, ustiatu eta gaizki tratatzen zituzten. Arratsalde batean zurtz zegoen emakumezko auzoko bat ikusi zuen kola esnifatzen semaforo baten ondoan, eta pena handia eman zion. Horregatik, jeinuari neska horri laguntzea eskatu zion jeinuari.

Gelan hogei bat ikasle zeuden, baina batzuetan bizpahiru baino ez ziren joaten. Egin batean, eskolatik irteten ari zela, auto bat gelditzen ikusi zuen. Handik, lau gizon atera ziren eta Jadija neska eraman zuten. Hamar urte baino ez zituen, eta gurasoek etxea eta autoa saldu behar izan zituzten bahitzaileek eskatzen zuten erreskatea ordaintzeko.

Urtean lau aldiz egiten zizkion eskeak Aladinok jeinuari. Oso ongi pentsatzera ohitu zen, eta zer eskatuko zuen erabakitzeko luzaro egiten zuen gogoeta. Horrela, zenbait urte igaro ziren. Bagdaden ume neska-mutil asko hil ziren gosez. Hasiera batean, bahikuntzarengatik (diktadorea jauregietan ongi elikatuta bizi zen bitartean); gero, anglo-amerikarren inbasio eta okupazioarengatik. Aladinok pentsatzen zuen berdin zuela nork agintzen zuen, jeneralaren galoiak zituen tiranoak, koroa zuen monarkak edo tropa hartzaileen oniritzia zuen zibilak; gauzek berdin jarraituko zutelako: txarto. Ala, mendebaldeko munduaren lekuren batean oporretan zegoela ere pentsatu zuen, hori guztia ez zelako bidezkoa.

Bere amak, josteko makina horrekin,
lana hobeto eta azkarrago egin ahal izan zuen.

Azkenean, jeinuaren eta mesede txikien laguntzaz, Aladinok iraganean izan zuen ospea galdu zuen Unibertsitatean matrikula egitea lortu zuen. Orduan, irakasleak hiltzea ohikoa zen, eta ikasteko baldintzak larriak ziren. Hala ere, Aladino saiatu egin zen, eta Zuzenbideko ikaslerik onenetakoa bihurtu zen. Jamil ere zahartu egin zen; bere ama eta anai-arrebak jeinuak eman zizkien sendagaiei esker salbatu ziren, eta, orain, Bagdadeko aireportutik hurbil zegoen kuartel militar bateko bulegoetan lan egiten zuen. Egia esan, ez zen oso gustukoa zuen lana, baina ikasketak ez zitzaizkion Aladinori bezain ongi joan, eta aurkitu zuen lehen lana onartu behar izan zuen. «Eta hala ere zortea izan dut», esaten zuen, etsita, «lanik ez duen jende asko dagoelako». Asko hitz egin zuen horri buruz Aladinorekin erabaki aurretik. Lagunak ez zuen begi onekin ikusten, baina onartzen zuen garai hauetan bizitzea oso zaila zela, eta edozertan lan egin behar zuten. Ezagun batzuek traidoretzat hartzen zuten Jamil, inbaditzailearekin lan egiteagatik, baina berak erantzuten zuen jende hori gauza guztien jabe bazen, edozein zela lan egiten zuen lekua egoera bera izango litzatekeela. Eta bizimodua aurrera atera behar zuen, ezta?

Gehienak Irakeko tropak izan arren, kuartelean iparramerikar militarren batailoi bat geratzen zen oraindik, eta haiek ziren, hain zuzen ere, zuzentzen zutena. Batzuetan lantokira joaten zen Aladino Jamilen bila, eta Tigris ibaiaren ertzetik ibiltzen ziren, txikitan bezala. Egun batean, sarrerarik apur bat urrun zegoela, emakumezko soldadu iparramerikar batek gidatzen zuen jeep bat ateratzen ikusi zuen. Autoa une batez gelditu egin zen, errepide nagusia hartzeko, eta ongi behatzeko aukera izan zuen: neska gaztea zen, aurpegi biribil eta larruazal beltzaranekoa; oso begi handiak zituen. Emakumea begiratzen ari ziotela konturatu zen, eta Aladinori ere begiratu zion. Orduan, okupatzaileen ohiko begirada harroa aurkitu ordez, bihotzean eragin zion begirada zintzo eta samurra aurkitu zuen Aladinok. Hainbeste liluratu zuen ezen bere laguna heltzean, hari buruzko galderak etengabe egin zizkiola: «nor da?, nola deitzen da?, zer egiten du?, nongoa da?, egunero ateratzen da?, zer ordutan?».

—Galdera gehiegi erantzunik ez izateko —esan zion Jamilek, gazte horri buruz ezer ez zekielako.

Egun horretatik aurrera, Aladinok ezin izan zuen burutik kendu neska hura. Egun batean, eskolan, maiteminduta zegoela aitortu zion ikaskide bati; baina ikaskide hori asaldatu egin zen.

—Iparramerikar batekin maitemindu al zara? Nola egin dezakezu horrelakorik? Ez dute bihotzik, hiltzaileak dira; ahaztu al zara gure gurasoei eta guri egin digutenaz?

Mutil hori erresistentziakoa zen eta Aladinok pentsatzen zuen, ziur asko, arrazoia izango zuela, baina behin eta berriz etortzen zitzaion burura neska iparramerikar hori. Guztiz maiteminduta zegoen. «Iparramerikar onik ere egongo da», esaten zion bere buruari.

Jamil bere «Kupido» bihurtu zen ,eta neskari buruzko informazioa ematen zion. Bazekien Susan zuela izena, umezurtza zela eta Mexikotik joan zen Estatu Batuetara bizitzera; «hispanoa» zen, eta ez zegoen ezkonduta.

—Zer gehiago? Esan hari buruzko gauza gehiago —erregutzen zion Aladinok, gutxi iruditzen baitzitzaion ematen zion informazio guztia—. Eta nik egindako ohar bat emango al zenioke?

Eta horrela egin zuen. Aurkezpen modura, Al Sayyab poetaren *Euriaren kantua* poemaren bertso batzuk ingelesez itzulita bidaltzera mugatu zen. Erantzunaren zain zegoela, mundua eten zela iruditu zitzaion, eta orduak luze egiten zitzaizkion. Ia ez zuen jaten, eta ikasketetan ere etekina ez zen lehen bezalakoa. Zeharo maiteminduta zegoen! Baina egunak igarotzen ziren, eta ez zuen bere maitearen erantzunik jasotzen. Beraz, irrikaz, jeinuari deitu zion, eta kontu horretan laguntzea esan zion.

—Nor uste duzu naizela ni? Ezkontzetako agentea? Nik ez dut jendea ezkontzen! —erantzun zion jeinuak, egindako eskaerarengatik haserre.

—Baina zerbait egin dezakezu kasu egiteko, ezta?

—Aholku bat bakarrik emango dizut. Bidali poesia gehiago. Emakumeei, soldaduak izan arren, bertsoak gustatzen zaizkie.

Aladinok jeinuaren aholkuari kasu egin zion, eta egunero bere maiteari poema bat idazten ziola eta erantzunik jasotzen ez zuela zortzi egun betetakoan, Jamil oso pozik atera zen lantokitik.

—Gaur, nor zaren, zergatik ezagutzen duzun, nola ezagutu garen elkar eta zertan ari zaren galdetu dit.

—Eta zer esan diozu?

—Goraipatu egin zaitut.

Aladino guztiz liluratuta zegoen. Jamilek berari buruz hitz egin zion Susani, eta arretaz entzun ziola esan zion Aladinori.

—Orduan, zerbait idaztea nahi zuen galdetu diot, eta pentsatuko duela erantzun dit; agian egingo duela.

Poztasunezko eroaldi batean Aladinok musua eman zion lagunari eta saltoka eta dantza egiten hasi zen.

—Guztiz erotuta zaude. Pentsatuko duela baino ez du esan…

—Horrekin nahikoa dut. Nigan pentsatzeak bakarrik pozez betetzen nau.

Hala ere, Susanek ez zuen gehiegi pentsatu, eta hurrengo egunean, Jamilek erantzuna bidali zion. Gutunean, lagunak aurreko egunean egin zizkion galderak bakarrik jasotzen ziren. Aladino, etxera heldu bezain laster, erantzun luzea idazten jarri zen: bere familiari, ikasketei, ilusioei eta bestelakoei buruz hitz egin zuen.

Hortik aurrera, Aladinok eta Susanek aldizka bidaltzen zizkioten elkarri gutunak, eta egun batean, Bagdadeko kafetegi batean elkartzekotan geratu ziren. Aladinok toki neutrala aukeratu zuen, hots, atzerritar gehiegi eta Susani gaizki begiratuko zioten irakiarrik ez zegoen lekua.

Aladino oso urduri zegoen, eta elkartu baino ordubete lehenago mahaian zegoen dagoeneko, te bat aurrean zuela, eta narguile erretzen. Azkenean Susan agertu zen, eta zeruak kolore zoragarriez apainduta eztanda egin zuela iruditu zitzaion. Ahots guztiak mutu geratu ziren; mundua eten egin zen. Han, Susan eta bera baino ez zeuden. Gazteak zapia zeraman buruaren inguruan, oharkabean pasatzeko eta deigarria ez gertatzeko. Aladinoren aurrean eser zen, eta lehen aldiz izan zuen hurbiletik begiratzeko: aurpegiko larruazala beltzarana zuen, aurpegia biribila, eta hitz egiten zutela ziruditen begiak zituen.

Hasiera batean lotsatuta sentitu ziren. Izan ere, gutunen bidez asko zekien batak besteari buruz, baina oso desberdina izan aurrean izatea… Azken unera arte etorri ala ez zalantza egin zuela esan zion Aladinori. Ez ziela kuarteleko kideei ezer esan, beldur zelako ez ulertzea eta arazoak sortzea. Berak ere ez zuela oso argi ulertzen zuen esan zion. Aladinok, iparramerikar batekin hitz egitea onartuko ez zuten zenbait lagun ere bazituela esan zion. Orduan, Tigris ibaiaren ertzetik paseatzea proposatu zion, eta baietz esan zion. Handik paseatzen zeudela, Aladino gero eta seguruago sentitzen zen; ezin zien inork entzun, zerua ikusten zuten, ibai ertzak, orain utzita eta zikin zeudenak, baina hura bere lurraldea zen. Orduan animatu egin zen, eta txikitan, ibaian egiten zituzten bihurrikeriak azaltzen hasi zen.

—Behin batean, Jamil eta neuk kurkuma bota genuen azpijokoa egin zigun lagun baten tean, tradizioaren arabera, hori hartzean bibotea hazten delako. Eta, konturatu zarenez, irakiarrei ez zaie asko gustatzen bibotea eramatea.

Arretaz entzun eta irribarre egiten zuen Susanek, baina ez zuen adierazten Aladinok nahi zuen adinako poza.

—Pentsatu zer aurpegia izango lukeen zikinkeriaz beterik —barre egin zuen Aladinok, hortz zuriak erakutsiz, ea barre— algara eragiten zion.

Orduan, bakarrik sentitzen zela azaldu zion; hamar hilabete zeramatzan han, eta batailoiaren emakume bakarra zen. Askotan, kideek gogaitzen zuten, eta batean, bortxatzen ere saiatu zen haietako bat. Bere herrialdera itzultzeko eta beste gauza batzuk egiteko gogo handia zuen.

—Orduan, zergatik egin zinen soldadu?

—Lanik ez nuelako eta zerbaitetan aritu behar nuelako. Soldatu profesionala egitea bizimodua ere bada. Aberats gutxi ikusiko dituzu armadan. Soldadu egiten garenok ez dugu aukera profesional askorik; aukera ona dela uste dugu… baina oker gaude. Oso berezia izan behar duzu bizitza militarrak norbaitengan eragiteko eta gustukoa izateko; eta ez da nire kasua.

—Eta zuk zer zenekien nire herrialdeari buruz hona etorri aurretik? —galdetu zuen Aladinok.

—Ba Bin Ladenekin bat egin zuen diktadore krudel batek agintzen zuela, eta harekin elkartu zela mundu osotik terrorismoa hedatzeko.

—Hori ez zen horrela izan! —protestatu zuen Aladinok.

—*Denbora azkarregi igaro da.*
Inoiz elkartuko al gara berriz?

Orduan, Saddam Hussein diktadore krudela zela azaldu zion, baina ez zela inoiz Bin Ladenekin elkartu, ez zirelako etnia eta korronte islamiar berekoak. Bin Laden Saudi Arabiakoa zen, iparramerikarren laguna zen herrialdekoa beraz, eta haien kontra egin zuen arrazoi ilunengatik. Saddam Husseinek, Iraki gerra deklaratu zion unean suntsipen handiko armak zituela ere ez zen egia. Izan zituen, bai, eta gehienak iparramerikarrei erosi zizkion lagunak zirenean.

—Egia esan, gerra honek proposamen bat baino ez zuen izan: Irakeko petrolioa kontrolatzea —bukatu zuen Aladinok—. Bakea? Bakea ez zen haien ardura nagusia. Bestela, begira zer egoeran gauden orain. Egunero hamarnaka hildako daude kaleetatik, eta atentatu terroristen kopuruak gora egin du. Bin Laden orain eroso dabil, Iraketik eta mundu osotik.

Susanek ez zekien ezer horri buruz; kuartelean sartuta zegoen, eta egokitzen zitzaionean bakarrik irteten zen, patruilatzera. Batzuetan, nagusiek esandakoarekin bat ez zetozen gauzak ikusi eta entzun zituen: Irak salbatuko zutela, mundu osoa zegoela haien alde, irakiarrak haien zain zeudela eta beso-zabalik hartuko zituztela… Baina zalantza egitea eragiten zioten gauzak geratzen ziren. Eta mortifikatzen zuen kontzientzia txarra bihurtu zen zalantza.

Berandu egin zitzaien eta Susanek kuartelera itzuli behar zuen. Aladinok samurtasunez begiratu zion, eta hau esan zion:

—Denbora azkarregi igaro da. Inoiz elkartuko al gara berriz?

Eta berriz elkartu ziren. Bere postari pertsonalaren bidez (hala esaten zion Jamili), elkartzen jarraitu zuten.

Tigris ibaiaren ertzetik egindako paseoak ohiko bihurtu ziren. Hala ere, askotan, atentatu terroristetan hil egin

*Izarrek eta ilargiak bakarrik distiratuko zuten
eguna helduko zen zeruari. Inoiz ez hegazkin gehiagorik.
Inoiz ez bonba gehiagorik.*

zirenengatiko tristeziaren aurrean ahalmenik gabe senti-
tzen ziren. Susan beldur zen. Aladino mutu geratzen zen;
gora begiratzen zuen, eskuarekin gogor estutu eta elkarre-
kin ibiltzen ziren, isilean. Askotan, bonba batek eragindako
suteren batetik zetorren ke-zutabea ikusten zen zeruan.

Ezagutzearekin errespetua heldu zen; errespetuarekin
konfiantza, eta konfiantzarekin, maitasuna. Susan, bere
herrialdearen eta herritarren errealitatearen beste aldea
erakusten zion mutiko lotsati, atsegin eta azkar horretaz
maitemindu zen azkenean. Eta aurkikuntza horrekin,
kide militarrenganako beldurra eta gaitzespena gero eta
handiagoa zen; lanari buruz bakarrik hitz egiten zuen.

Egun batean, Susanen batailoia ordezkatuko zuten
berria heldu zen koartelera. Horren berri izatean, Aladi-
nok geratzea proposatu zion. Baina Bagdadeko egoera
samingarriari begiratzen zionean hotzikarak sentitzen
zituen gorputz osotik; hala ere, Aladino maite zuen, eta
ongi pentsatu ondoren, geratzea erabaki zuen. Bere he-
rrialdean ez zuen inor zain. Izan ere, kanpotarra sentitu
zen beti. «Kanpotarra hemen, kanpotarra han; bada, he-
men, maite nauen gizona dut», pentsatu zuen. Eta ez zen
Estatu Batuetara itzuli.

Aladinoren amak Susan hartu eta alaba bat moduan
maite izan zuen. Hortik aurrera, Aladinok hiru hilean be-
hin jeinuari egiten zion eskaera bera izan zen: «Lagundu
ahal duzun gauzetan!». Ez zuen abusatu nahi. Eta jeinua
pozik zegoen hain gutxi eskatzen zion jabe horrekin, pare
bat libururekin, metro batzuk oihalarekin eta hamabi
hari-txirrikekin konformatzen baitzen. Ziur zegoen mu-
tiko zentzudun eta onbera horrekin puntu asko irabazten
ari zela mailaz igotzeko.

Jeinuaren laguntzari esker, edo, agian, bere pertseberan-
tziaren ondorioz, Aladinok oso nota onekin bukatu zi-

tuen ikasketak. Susanek josten ikasi zuen bere amaginarrebaren makina zaharrarekin, eta jostun bikaina bihurtu zen. Herrialdearen pobreziak jarraitzen zuen. Kostatzen zen burua altxatzea hainbesteko hondamenaren ondoren, baina elkarrekin zeuden, eta hori zen garrantzitsuena. Susani esker, Aladinok hobetu ulertu zuen zergatik esaten zioten Ipar Amerika, eta Susanek ere gero eta hobeto ulertu zuen egun batean Mesopotamia izan zen lur hori. Bi seme eta alaba bat izan zuten, eta, gauean, elkarrekin igotzen ziren etxeko zabaltzara, zeruari begiratzeko. Izarrek eta ilargiak bakarrik distiratuko zuten eguna helduko zen zeruari. Inoiz ez hegazkin gehiagorik. Inoiz ez bonba gehiagorik. Inoiz ez odol gehiagorik.

Ordurako, jeinuak, agian, puntu nahikoak zituen, eta ohorezko mailara igoko zuten, sekula eta beti. Eta goi-mailako jeinu batekin, Aladinok mirariak egiteko aukera izango luke.

AMAIERA

جلوريا أريمون

حكايات من بغداد

مجموعة Ursa Maior

Esta obra ha sido publicada con una subvención de la Dirección General del Libro, Archivos y Bibliotecas del Ministerio de Cultura, para su préstamo público en Bibliotecas Públicas, de acuerdo con lo previsto en el artículo 37.2 de la Ley de Propiedad Intelectual.

حكايات من بغداد
العدد الأول 2012
العنوان الأصلي: Contes de Bagdad

حقوق الطبع 2007، 2012، جلوريا أريمون فينتورا
حقوق الطبع 2007، 2012، علي بابا، جلوريا أريمون فينتورا ويوسف لورمان رويج
حقوق الطبع لهذا العدد: ICG Marge, SL
ترجمة إلى الإنجليزية: إفا كانيادا
ترجمة إلى العربية: فادي هديب
الرسوم التوضيحية للغلاف: هيلانة رويز
صورة الغلاف: جلوريا أريمون فينتورا

الناشر: Marge Books – شارع فالينثيا 558، الطابق العلوي 2 – 08026 برشالونا، اسبانيا
هاتف: 130 449 932-34+ فاكس: 865 310 932-34+ الموقع الألكتروني: www.marge.es

مدير النشر: ديفيد سولير
المحررين: هيكتور سولير، لورا ماتوس، آنا بالاثيوس
تحرير: ساندرا مارتينيز
شارك في التحرير: ليانه فيرلي
محرر الإنتاج: ميغيل آنجل رويج
محرر الهامش: مرسيدس لارا
طبع من قبل: (Impulso Global Solutions (Tres Cantos, Madrid

ISBN: 978-84-15340-43-0
D.L.: B-28.430-2012

جلوريا أريمون
بالتعاون مع يوسف لورمان

حكايات من بغداد

هذه العدد هو جزء من مشروع التعليم من أجل السلام:

MARGE
BOOKS

ملتزمون مع العالم (*Compromesos amb el món*) هي عبارة عن منظمة غير حكومية صغيرة، تأسست في عام 2007 في كاتالونيا. نقوم بدعم وتعزيز مشاريع التعاون الدولي. التعليم الهادف إلى السلام هو واحد من أهدافنا الرئيسية. نقدم هذا الكتاب إلى جميع المنظمات التي تعمل من أجل ذات الهدف.

للمعلومات والاتصال: www.compromesos.cat.

ملاحظة:

إذهب، إلى www.marge.es لجمع بعض المقترحات الموجهة للذين يرغبون في العمل على المشاكل التي يعيشها العراق، ولمناقشة العادات والتقاليد والقيم والتي تهدف إلى التعليم من أجل السلام.

الفهـــرس

قيدوا بالسلاسل أمواج دجلة .
كيف سنحلم اليوم بالسفر؟
وإلى أية جزيرة سنذهب؟

سركون بولص "شاعر عراقي"

المقدمـــــــــة

الحكايات التي سنعرضها في هذا الكتاب، تتركز على ثلاث شخصيات من حكايات ألف ليلة وليلة، وحكايات ألف ليلة وليلة لها أصول مختلفة.

فأقدم القصص أتت من الهند، والقصص من الأصل الفارسي تشكل مجموعة أخرى، وهناك مجموعة ثالثة، تشمل الحكايات ذو الطابع الاسلامي والتي أتت من العراق، وأخيراً، هناك مجموعة رابعة من الحكايات الموجودة في مصر.

هناك وثائق عديدة مكتوبة باللغة العربية منذ القرن التاسع. وفي العام 1704 نشر فرانسيس غالاند، أول مجلد مترجم، وهكذا وصلت هذه الوثائق إلى الشعوب الاوروبية بنجاح كبير. ولذلك قاموا بإدراج قصص جديدة في القرن التاسع عشر، مثل السندباد البحار، وفي وقت لاحق قاموا بإدراج بعض القصص الأخرى، والتي إنتشرت بشكل منفصل، مثل علي بابا والاربعين حرامي ومصباح علاء الدين السحري.

وتبدأ حكاية ألف ليلة وليلة عندما يكتشف حاكم بغداد؛ الملك شهريار، أن زوجته تقوم بخداعه مع رجل آخر. ومن شدة غضبه، يقرر، أن يجلب الى سريره كل يوم فتاة نبيلة عذراء، ويقوم بقتلها مع شروق الشمس. وتلعب شهرزاد إبنة أحد الوزاراء، الشخصية الرئيسية للحكايات، وذلك عندما تعتزم إنهاء القتل اليومي للفتيات. ولذلك، تطلب لقاء الملك لتقص عليه في كل ليلة حكاية، ولا تنهيها حتى شروق الشمس، وبهذه الطريقة لن يقتلها الملك لأنه يريد معرفة نهاية القصة، ولذلك فعليه إنتظار حلول الليل لإكمال الإستماع. وتحوي الحكايات مواضيع شيقة ومختلفة، مثل: الحب، الروائع، المغامرات، المؤامرات وشجاعة الفرسان.

أما قصص السندباد وعلي بابا وعلاء الدين، فكانت عبارة عن إضافة للقصص القديمة، ونحن موجودون في العراق اليوم، لأن أرض هذا البلد تتزامن بجزء من الذي كان معروفاً في العصور القديمة بإسم بلاد ما بين النهرين؛ نهري دجلة والفرات، اللذان يصبان في الخليج الفارسي. ومنذ أكثر من 5500 عام، تم إختراع أحد أولى أشكال الكتابة في تلك البلاد.

وفي عام 1990 عندما هاجمت أمريكا وبريطانيا العراق، قامت بقصف المرافق الهامة وعلى رأسها مصانع الورق العراقية، وفرضت الأمم المتحدة حظر على التسويق الخارجي، وكانت الفنون التخطيطية والرسم والطباعة من بعض المنتجات العراقية المحظورة. وفي الوقت ذاته، حظرت إستخدام أقلام الرصاص للكتابة، مع الحجة القائلة بأنها تحتوي على مادة الجرافيت، التي يمكن أن تكون قابلة للاستخدام العسكري.

وعلى مر التاريخ، وفي جميع أنحاء العالم عاش الفتيان والفتيات بتجارب الحب والمغامرة، وذلك في أماكن مختلفة

جداً عن الأماكن التي نعيش فيها نحن. فكلنا نتشارك الرغبة في التعلم واللعب والمرح والحب.... فمنذ عدة سنوات يعيش الشباب العراقي حياة مختلفة عن التي نعيشها نحن، وذلك بسبب الحروب، وبسبب ذلك الدكتاتور أولاً، وثانياً بسبب الاحتلال الأمريكي للعراق.

خلال السنوات الأولى للإحتلال، قُتل مئات الآلاف من الناس، وكان الثلث من القاصرين، وتشرد العديد منهم وهاجر إلى خارج البلاد واحد من بين كل ثمانية أشخاص.

العاصمة بغداد، ليست متصلة بالبحر، ولذلك فإن المخرج الوحيد للخليج الفارسي يكون عن طريق البصرة؛ المدينة المتواجدة في الجنوب وبعد أن يكون قد إلتقى نهري دجلة والفرات معاً. وفي هذه المدينة وما قبل الإحتلال، كان هنالك تمثال في الشارع يمثل السندباد وهو يراقب البحر.

في بغداد، وفي ساحة كبيرة، هنالك عدد من التماثيل التي تمثل علي بابا والأربعين حرامي، وبعض الشخصيات الأسطورية الموجود في جميع أنحاء البلاد.

العام 2002 في البصرة، تعارفت على فتيين يعملان في تنظيف الأحذية، كانا يعملان في الصباح ويذهبان إلى المدرسة في المساء. وقالوا لي بأنهم سعداء. ومن على مسافة بعيدة، وبعد مرور زمن طويل، أتذكرهم في كثير من الأحيان، فضلاً عن المناظر الطبيعية للعراق، كالصحراء، الأراضي الخصبة، السواحل واطلال الحضارات القديمة... وخصوصاً نظرات الفتيان والفتيات في الطرقات.

كلنا نريد أن نعيش بسعادة مثل الشخصيات التي في القصص منذ عدة قرون. فأنا لا أستطيع ولا أريد أن أنسى ذالك اليوم، عندما أغمضت عيني وبدأت في تخيل ألابطال القدامى؛ السندباد، علي بابا وعلاء الدين... والملابس ومشاكل الشباب في العراق اليوم.

ومن هنا نشأت هذه القصص التي فيها تعيش نظرات منظفي الأحذية، ونظرات الأطفال وهم يلعبون في ساحات المساجد، والذين يدرسون في المدرسة أو الذين يرقدون في أسرّة المستشفيات.

وتمثل قصص ألف ليلة وليلة إنتصار الفن والثقافة على الهمجية، والتي أدت في نهاية المطاف وبعد ليال طوال من الإستماع للقصص، إلى أن يغفر الملك عن حياة شهرزاد، من خلال الكلمة، الكلمة التي تحولت الى حقيقة. ومن هنا، نتمنى أن تساعدنا **حكايات من بغداد** على فهم أن الكلمة والحق، هي الأسلحة الوحيدة التي يجب أن نستخدمها في الصراعات والنزاعات.

ما يحدث الآن في العراق ونشاهده تقريبا بشكل مباشر من خلال التلفاز، يجعلنا نخاطر على أن نعتاد على رؤية آلام الآخرين، وأن نكون في مأمن من المعاناة والموت.

نأمل أن تكون قراءة هذه القصص، مع التأمل والخيال، أن تساعدنا في استعادة الواقع.

وإلى جميع الشباب، يمكننا أن نغير الواقع، فكل شيء يعتمد علينا.

جلوريا أريمون

سندباد

المكان جميل جداً، حيث يوجد فيه نهري دجلة والفرات، وكما يقال أنها كانت الجنة على الأرض. تجري الماء في كل مكان تشكل الأنهار والجداول والقنوات والبحيرات. وهناك كانت أشجار الفاكهة بجميع أنواعها: المشمش والبرتقال والتفاح والكمثرى... وخاصة أشجار النخيل طويلة الجذوع، وقطوف التمر الحلوة معلقة على تاجها. ولم يفتقد هذا المكان الجميل من الحيوانات، فكان هناك: الطيور والخيول والحمير والماعز والأغنام والقطط والخفافيش... وفي هذه المنطقة حيث يلتقي النهرين كانت هناك بلدة صغيرة، تسمى القرنة، ومن هناك تشكل نهر شط العرب، وطوله مائة كيلومتر تقريباً بإتجاه الجنوب، ويصب في الخليج الفارسي. وهذا النهر عميق، بحيث يسمح بمرور السفن الكبيرة الآتية من البحر.

في العام 637، وبين قنوات المياه وبساتين النخيل، بنى أحد الخلفاء مدينة؛ البصرة: التي تقع في أسفل النهر، والتي سرعان ما سكنها الآلاف من الناس، وبالقرب من البحر قام ببناء ميناء: أم قصر، لترسوا فيها قوارب صيد السمك وسفن التنقل. وفي غضون سنوات قليلة، وصل هؤلاء الرجال إلى الصين، وأبحروا إلى ما وراء الحدود، إكتشفوا آفاق جديدة، وعوالم مختلفة الألوان والأذواق، نظرات ولغات وحب...

وبعد عدة قرون، سكن في البصرة شاب طويل القامة، داكن البشرة، إسمه سندباد، عيونه كبيرة ومستديرة وشعره أسود وأجعد. حامد، أحد أعمامه، بشرته جافة ومتجعدة لمرور السنين، وبدأت التجاعيد بالظهور عندما توفيت أمه أثناء الولادة في الابن الثاني. توفي والده قبل بضعة أشهر فقط، فقد أصيب بحمى شديدة، وفي غضون أسابيع قليلة غير المرض ذلك الرجل القوي المعافي إلى رجل هزيل من اللحم والجلد. وكان يقضي سندباد يومه في الشارع، أولاً يلعب مع الأطفال، وبعد اللعب كان يذهب ويبحث عن لقمة العيش. وغالباً ما كان يذهب إلى النهر لإلقاء نظرة على الجزر الصغيرة وسط صخب المياه والسفن التجارية المارة. وكل مرة وعلى نحو متزايد، كانت تصل السفن من الخارج، بعضها ممتلئة ببضائع لم تكن موجودة عندهم، وأخرى على متنها رجال من مختلف الأجناس والألوان. ففي أحد الأيام وعندما أكمل سندباد الثالثة عشرة من عمره وعندما كان يشاهد الرجال الذين ينزلون من السفن، قرّر: "سأكون بحاراً". وهكذا كان. وعمه كان قد مات، وليس لديه أية مسؤولية للاعتناء بأحد. ففي السنوات الأولى عمل سندباد كمساعد على متن سفينة كبيرة، ولكن سرعان ما جمع ما يكفي من المال لشراء سفينة صغيرة يملكها، وهكذا لن يضطر للعمل عند أي مسؤول آخر. وفي وسط البحر، كان يشاهد تحليق طيور النورس؛ فإذا أتى فصل الشتاء كان يحرص على أن تلامس الشمس وجهه وذراعيه؛ وإذا أتى فصل الصيف؛ كان يحرص على أن يحمي جسده تحت مظلة من شدة الحر. وفي وسط البحر، كان سعيداً. أحياناً كان يشعر بوحده وأحياناً بأن لديه رفقه. فيضع الطعم في الصنارة آملاً أن يصطاد سمكة، فلم يكن في عجلة من أمره كما لو أن الوقت قد توقف.

في السنوات الأولى أبحر سندباد على متن سفينة، والتي كان يعمل عليها كمساعد.

كان سندباد شاب نشيط، يصحوا باكراً في كل يوم، وكان يبدو
عليه أنه من السهل جداً الذهاب لصيد السمك كل يوم. فلم
يتوقف يوماً عن النظر الى الأفق، وفي المساء، وعندما كان
يصل الى كوخه، كان يعد النقود التي جمعها من بيع السمك.
وفي كل ليلة كان يفكر في عدد السنين التي سيعمل بها من
أجل جمع مبلغ كبير من المال، ليمكنه من شراء سفينة جيدة،
والتي من شأنها أن تسمح له على المضي قدماً. ومعظم
الفتيان في عمره؛ الذين يعيشون مع أسرهم، كانوا ينتظرون
أن يختار لهم والديهم الفتاة التي سيتزوجوا بها، لكن سندباد لم
يكن مستعجلاً. فكان من الواضح أنه معجب بالفتيات، ولكن...
أراد أن يؤجل الأمر لوقت لاحق، لأنه كان مقتنع تماماً، أن
لديه أمور أهم للقيام بها في الوقت الحالي.
وفي ليلة هادئة، خرج سندباد إلى الشارع، وعكست قناة الماء
التي تمر من أمام بيته ضوء القمر المستدير، وعنما كان ينظر
إليه كان يعتقد أن القمر يغامزه. أحب سندباد كل شيء من
حوله، فكان يشعر هكذا من أعماق قلبه، وكان يتذكر تلك
الرحلة والأصدقاء والنهر وسوق السمك وشارع الوزان
المزدحم ومآذن المساجد الكثيرة والجسور التي تمر عبر
القنوات والمخابز العديدة... ولكن، هناك شيء بحاجة
للتغيير!. فمع كل هذه الذكريات ذهب سندباد إلى المقهى
ليشرب الشاي مع الأرجيلة وليلتقي مع الأصدقاء. وكما هو
الحال دائماً، في المقهى كانوا جميعاً من الرجال، لأن النساء
عادةً لا تذهب إلى هناك. وكان هناك رجل مسن يريد أن يبيع
سفينته الشراعية، لأنه لم يعد يستطيع العمل عليها في هذا
السن. وكان سندباد يعلم أن سفينة هذا الرجل كانت جيدة
وكبيرة، فقدم سندباد عرضاً على الرجل لشراء السفينة، على
أن يدفع له مبلغ من المال للبدء في العمل على السفينة وأن
يسدد باقي المبلغ خلال السنوات القليلة المقبلة. بعد مناقشة
وجدل لفترة من الزمن، تمت المصافحة على الصفقة، كما

يفعل الرجال الصالحين. لأن الكلمة كانت تكفي في ذلك الوقت، ولم يلزم توقيع عقود البيع والشراء.

وبعد بضعة أيام، جهز سندباد جِرار الماء وحقائب الطعام، وجهز السفينة للإبحار، لتكون تلك أول مغامرة يقوم بها، وما أن بدأ بالإبحار وبدأت نسمات الريح تهب، كان يراقب المدينة التي بدت أصغر شيئاً فشيئاً كلما إبتعد عنها. وبعد عبور دلتا كبيرة وفي النقطة حيث يلتقي النهر بالبحر، تجاوز الجزر التي كان ينظر إليها دائماً والتي يعرفها عن ظهر قلب، إتجه سندباد شرقاً وترك السفينة تقوده الى حيث ما تشاء. وبما أن الرياح لم تكن قوية، فأبحرت السفينة ببطء لشق طريقها...؛ إلى أن صار البحر هادءً تماماً، والرياح لا تهب إلى أن توقفت السفينة تماماً. سندباد لم يكن خائفاً، واستغل تلك اللحظات من الهدوء لينام أو ليأكل شيئا. ولكن المشكلة كانت عندما هبت الريح في الإتجاه المعاكس، بحيث أبحرت السفينة في إتجاه لا يريد الذهاب إليه. وبعد ثلاثة أيام من الإبحار وجد نفسه مرة أخرى عند مصب النهر. ثم أدرك أنه لم يكن مستعدا بما فيه الكفاية، وأنه بحاجة لإكتساب المعرفة من الأشخاص الذين أبحروا لسنين عديدة. فذهب وسأل، وتعلم كثيراً من البحارة ذوي الخبرة، وعلى الرغم من أنه لا يستطيع القراءة أو الكتابة، قام برسم بعض الخرائط البدائية. وجمع كل اللوازم، وأخذ صندوق من المجوهرات التي ورثها من العائلة مع بعض المنتجات للبيع. مع هذا الحِمل، أبحر مرة أخرى. ولكن هذه المرة، إتبع توصيات البحارة ذوي الخبرة، وأن لا يبتعد كثيراً عن اليابسة، فذهب في إتجاه السواحل الفارسية. وكانت الرحلة على ما يرام، وكانت الرياح مواتية، وبعد بضعة أيام وصل الى مدينة غير معروفة حيث وجد فيها أناساً يتحدثون لغة أخرى. وعثر على رجل في الميناء، وأخبره هذا الرجل أنه في هذه الأماكن تتحدث الناس بطرق تختلف كثيراً، حتى أنه لا يفهم كل منهما الآخر. ومع ذلك، كان الناس الذين

إعتادوا على التنقل والإبحار في مختلف البلدان، يستخدمون ذكائهم لفهم غيرهم وجعل أنفسهم مفهومين.

— والأهم من كل ذلك، قال له الرجل، هو أن يكون لديك الرغبة في التواصل.

خلال الأيام التي قضاها هناك، باع سندباد حمولته من التمر والملح، وإشترى أحد التجار كنز سندباد العائلي الصغير، المكون من عقداً وسواراً وخاتمين. وإشترى سندباد بذلك الحرير وبعض المنتجات الغير متوفرة في بلده من الأموال التي حصل عليها. وبعد أن عاد إلى البصرة، حيث كان قد باع كل شيء وحصل على كيس من المال، قام بتسديد جزء من ديونه، وجزء آخر لشراء المزيد من البضائع للتجارة.

خلال عام واحد، أبحر السندباد مرات عديدة، ذهاباً وإياباً قدر المستطاع عن طريق الموانئ الفارسية للبيع والشراء. وفي كل مرة، كان يبحر أبعد شيئاً فشيئاً وعرف السواحل الفارسية عن ظهر قلب، بداية من المناطق الخضراء الرائعة ومن ثم الصحراء. وفي الماضي، سمع من بعض الأصدقاء، أنه بعد عبور مضيق هرمز، يوجد بحر كبير جداً ويمكن أن يؤدي إلى الهند والصين. وأنهم أبحروا أيضاً من خلال الساحل الغربي لشبه الجزيرة العربية، ولكنهم لم يبحروا أبداً إلى شبه جزيرة قطر، لأن هناك تيارات قوية وخطيرة جداً، وذات مرة، هاجمت القراصنة كل السفن التي أبحرت إلى هذا الساحل، ولذلك يسمونه بساحل القراصنة.

وبعد وقت ليس بطويل، سدد سندباد الدين للرجل المسن الذي كان قد باعه سفينته الشراعية، وقرر أن يتخذ مساعدا له، وكان إسمه بدر الدين.

مع التنقل والسفر، تعلم سندباد كل ما لم يكن يعرفه من قبل، فقد تعرف على كثير من الناس، بعضهم من الذين يُعجبون، والبعض الآخر من الذين يخشون؛ وأنه سيواجه الكثير من المخاطر: العواصف واللصوص والمحتالين؛ الذين يبيعون

خلال عام واحد، أبحر السندباد مرات عديدة، ذهاباً وإياباً قدر
المستطاع عن طريق الموانئ الفارسية للبيع والشراء

طائر العقعق بدلاً من طائر الحجل...؛ لكنه كان شابٌ ذكي، فعلى الرغم من انه أميي، لا يقرأ ولا يكتب، إلا أنه إستطاع أن يفهم نصف اللغات التي كان يتحدث بها الناس، حيثما كان؛ فكان مستمعاً جيداً ومتكلماً بارع، وكان يعرف متى يجب عليه أن يصمت، وكان أميناً على حفظ وكتم الأسرار. ففي كل ميناء، كان لديه صديق، وفي كل قرية، كان لديه معجبة تراقبه بهدوء. وفي كل مرة كان يعود فيها إلى البصرة؛ المكان الذي كان يعلم انه الوطن، ولو لوقت قصير. كان يشعر بهزة في الساقين وعدم إتزان في جميع أنحاء جسده. وعندما كان يرى أطراف مآذن المساجد، التي كان يعرفها جيداً، دائماً كان يصرخ:

– أنا بمأمن، فأنا في الوطن!

فسندباد، لا يزال يتذكر بعض القصص التي قصّها عليه عمه، عند الحديث عن جنكيز خان؛ إمبراطور منغوليا، فعندما وصل إلى تلك البلاد لم يترك وراءه سوى الدمار والرعب، وهذه الشعوب مختلفة تماماً عن غيرها من الشعوب، كالعباسيين والآشوريين واليونانيين، الذين جلبوا معهم الثقافة والثروة. وأخبروه، أن الذي كان بلده، أصبح مُحتلاً من قبل الإمبراطورية العثمانية، وفي وقت لاحق إتحدت القبائل لمواجهة العدو المشترك، ألا وهم البريطانيين، الذين كانوا قد إحتلوا هذا المكان وأرادوا أن يملكوه. ولم يكن من السهل عليهم المغادرة. فالجميع قاومهم بطرق شتى...

أثناء الإبحار، كان للسندباد الكثير من الوقت للتفكير، وكان دائماً يتساءل: لماذا لا يمكن للإنسان ان يعيش في سلام، يصيد الأسماك ويعمل بالزراعة والتجارة... ويعيش الحب!؟.

كما قالها سندباد ذات مرّة في أحد المقاهي، فضحك عليه كبار السن، وقالوا له: ستعرف عندما تكبر، فإن كل شخص يفعل ما يحلو له وخاصة الحكام. فهناك عدد قليل من الذين لديهم الكثير من المال، والبقية لا يملكون شيئاً وبالكاد يستطيعون أن

يتدبروا أمورهم.

ومن ثم، جلس سندباد صامتاً، وكان متفائلاً على أمل العثور في يوم من الأيام على كنزٍ مخفي في إحدى جزر الخليج. وفي ما مضى أخبر سندباد بذلك شخص يثق به، فأجابه قائلاً: أن أعظم كنز لدينا هنا، النفط. ولكنه لا يخصنا نحن.

حفروا في أعماق الأرض، إلى أعماق أعماق الأرض، وهناك وجدوا الذهب الأسود. وكان السندباد يستخدم النفط لإشعال النار والطهي والتنقل... لكنهم أخبروه كيف هو العالم وكيف يسير ويتطور، وأنه يمكن إستخدام النفط لأشياء كثيرة، ولكن ليس في بلده، لأنها بلاد متأخرة، وإنما في أميركا والجانب الآخر من المحيطات الشاسعة التي تستخدمه في صنع كل شيء؛ "من الإبرة إلى الصاروخ".

محيط..! فكر سندباد، المحيط هو البحر الذي لا ينتهي أبداً، حيث يستغرق أسابيع وأسابيع لتصل فيه إلى اليابسة، وهو المكان الذي تطلق فيه العنان، وفيه بعض العواصف الكبيرة. وبسفينة مثل التي أملك، لن تتحمل أكثر من يومين في ذلك المحيط. أمريكا....، هل من الممكن أن أذهب إلى هناك يوماً ما؟ حلم أبدي. هناك، كان الناس أثرياء ولديهم السفن والسيارات، ويعيشون في منازل جميلة ونظيفة ويرتدون ملابس جيدة، وجميع الأطفال يذهبون إلى المدرسة... وعندما أتم سندباد الثامنة عشرة من عمره، في ذلك الوقت كان الأطفال في بلده يذهبون إلى المدرسة وكان بإمكانهم الذهاب إلى الطبيب إذا مرضوا...، لأن الحكام لم يكونوا موجودين بعد! بغداد، ومنذ وقت قريب، كانت الرحلة تستغرق ثلاثين ساعة عن طريق البر.

يوم سيئ، حيث سمع سندباد في أحد المقاهي بالسوق، بأن بلاده كانت في حالة حرب مع دولة مجاورة؛ الفرس، والتي كانت تعرف بإسم ايران. فالخلافات قائمة منذ زمن بعيد، لأنهم كانوا دائماً يتقاتلون من أجل حيازة النهر ومنطقة خوزستان،

حيث كان هناك نفط.

– لماذا؟ سأل سندباد أولئك الرجال الذين كانوا يشربون الشاي ويدخنون الأرجيلة. فنظر إليه الجميع ولكنهم لم يجيبوا. سوى شخص، أجابه: يا بني، إن القرويين لا يعرفون لماذا هم حُكّامنا في حروب... وفي نهاية المطاف، إذا حصل وإن إنتصرنا أو خسرنا، فإننا دائماً سنكون نحن المتضررين.

وهكذا كان. ولم يعد يجرؤ سندباد على الإبحار إلى السواحل الفارسية؛ فأبحر إلى السواحل الغربية، ولكنها أيضاً لم تكن هادئة. وهناك غالباً ما سمع ورأى طيوراً كبيرة تحلق في السماء تقذف لهباً ودخاناً من أفواهها. كانت سنوات صعبة جداً، لأن القنابل وصلت إلى البصرة. ثماني سنوات من الجحيم، من خلالها لم يبقى أي أسرة على حالها في المدينة، وتم استدعاء الآباء والأمهات والأبناء في سن الخدمة العسكرية لمحاربة البلاد المجاورة، وقصفوا وذبحوا الأمهات والأطفال الصغار في منازلهم، وبدى أن الأسماك قد إختبأت، لأنه كان من الصعب الذهاب للصيد! انتهت تلك الحرب بتساوي، لا من غالب ولا مغلوب، وحصدت مليوناً من الأموات من كلا الجانبين. وأطراف السفن الغارقة في الميناء كانت شاهداً على الدمار. وبعد ذلك وتكريماً لقتلى الحرب، أمر الحاكم ببناء مئتان وخمسين من التماثيل على شواطئ البصرة، بحيث يمثل كل واحد منها جنرالاً من الذين لقوا حتفهم في المعارك ضد ايران، والذراع الأيمن للتماثيل يشير إلى الجانب الآخر من الشاطئ، وبنظرات جدية والبنادق معلقة على الأكتاف متحدياً العدو.

ولكن قدرة الإنسان على التفاعل والبقاء على قيد الحياة هائلة، فأعاد سكان البصرة بناء المدينة، وأعيد تشييد المساجد وفتح المتاجر مرة أخرى، وأعيد بناء الجسور عبر القنوات، وعادت الحياة إلى الأسواق المليئة بالألوان، وعاد الصيادين والتجار إلى البحر من جديد.

طلب سندباد من زينب أن ترافقه في رحلة بحرية لبضعة أيام،
لكي يشاركها كنزه العظيم؛ ألا وهو البحر.

وأبحر سندباد من جديد، معتمداً على بدر الدين، الصبي الذي كان يساعده، وباع البضاعة في الخارج وإشترى غيرها ليعود ويبيعها في البصرة.

وكان الوقت يمرّ، وما زال سندباد أعزب،

وفي أحد الأيام قال له زملائه بمودة، يجب عليك الحذر، أن يتجاوزك القطار وتبقى أعزب!

ولذلك نصحوا له بأن لا ينتظر أكثر وأن يتزوج، وأخيراً فعل ذلك، وتزوج بفتاة يتيمة مثله، والتي كانت تعيش مع عمتها وابن عمتها. وكان إسمها زينب، وتبلغ من العمر ستة عشر عاماً، وأدت الحرب إلى مقتل والدها وشقيقيها. وكما هو متعارف، طلب سندباد الزواج يد زينب من كبير أسرتها، وفي هذا الحال، كان ابن عمة الفتاة من يقرر في ذلك، ولذلك لم يكن من الصعب إقناعه، لأنهم كانوا فقراء، وفي حال أن تتزوج زينب فإنه سيصبح من الأسهل إطعام بقية العائلة. ثم إشترى سندباد بيتاً في حي الزهراء، بحيث أنه كان وقتا جيداً للشراء، لأنه كان هناك العديد من الناس المحتاجين، الذين باعوا بيوتهم بثمن زهيد بسبب الحروب. وقبل أن ينتقل إلى المنزل الجديد، طلب سندباد من زينب أن ترافقه في رحلة بحرية لبضعة أيام، لكي يشاركها كنزه العظيم؛ ألا وهو البحر.

– أريدك أن تحبي البحر، كما أحبه أنا. قال لها سندباد.

هذه المرة أبحر سندباد وزينب لوحدهما، من دون المساعد. فمنذ اليوم الأول، بدأ سندباد بالنظر إلى زينب برقة، وأكثر ما كان يعجبه بها، عيناها المستديرتين باللون العسلي، وبشرتها الرقيقة الناعمة.... بالتأكيد سيكون لنا أطفال، وآخذهم إلى المدرسة وأعلمهم الإبحار، كان يفكر في هذا سندباد وهو ينظر إلى الأفق البعيد. وبالكاد كان يعرف بعضهما الآخر، فنظرت إليه الفتاة بإرتياب، ربما كانت قلقة بعض الشيء لأنها لم تكن تعلم أي نوع من الرجال قد تزوجت. فزينب كانت قد تعلمت في المدرسة، وبالطبع كانت تجيد القراءة والكتابة،

بالإضافة إلى تدبير أمور المنزل والطهي. وفي ليلة هادئة والقمر كان بدراً، جلسوا على سطح السفينة بالقرب من بعضهما البعض، وأمسكوا بأيدي كل من الاخر، وبدأوا بالحديث عن أسرار الطفولة. وبعد أيام قليلة إكتشفوا الغموض في أجسادهم؛ وأخيراً، وتحت سماءٍ من أشجار النخيل على أحد الشواطئ الفارسية، أصبحوا عشاق. وبعد ثلاثة أسابيع وعندما عادوا إلى البصرة، كانوا قد تغيروا كثيراً، فزينب شعرت بسعادة كبيرة ومن دون خوف، ولديها رغبة كبيرة بأن يستمر سندباد في إخبارها عن المغامرات التي قام بها في السابق، وكما كان لديها الرغبة في تعليمه القراءة والكتابة، كما كان الاتفاق. وسندباد، الذي عشق البحر لسنين عديدة، الآن، ومع زوجته، فإنه أحب الحياة أكثر فأكثر ولم يريد أي شيء أكثر من ذلك.

وبعد سنة، أنجبت زينب طفلها الأول، كان صبي، وأسموه علي، وسندباد لم يفكر أبداً، بأنه في حال أن يصبح أباً؛ سيكون سعيداً إلى هذا الحد. ولذلك لم يقم بالإبحار بعيداً، وحاول ألا يتأخر كثيراً في العودة إلى بيته، وإذا لم يقم بالتجارة، كان يخرج لصيد الأسماك.

ولكن الفرحة لم تدم طويلا، وبعد فترة وجيزة، بدأ حاكم بلاده حرب أخرى، وقام بغزو الكويت، لكن الإحتلال لهذه البلاد لم يدم إلا لعدة أيام، وذلك لأن عدداً من البلدان، بقيادة أمريكا وبريطانية، أعادوا الإستقلال لهذا البلد. وكانت تلك الأيام، أياماً من الحداد والموت. البصرة، كغيرها من المدن، تعرضت للقصف بقنابل اليورانيوم المُحرم. ولم يكن هناك أي مكان للإحتماء، ودُمرت الغابات الكثيفة بأشجار النخيل على ضفاف شط العرب، وأصبح الساحل حزيناً وعارياً. بعد أسابيع توقفت الهجمات، ولكن ما جاء بعد ذلك كان نوعا مختلفاً من الحروب. المعاناة؛ فمن كان يريد أن يبحث عن الطعام، لم يجرؤ على الخروج من بيته خوفاً من الطائرات التي كانت

تحلق فوق المدينة، كانت مرحلة ما بعد الحرب؛ الحظر. وفي ذات الوقت، كانت زينب تحمل بطفلها الثاني وكانت مريضة جداً. وكان سندباد بالكاد يقوى على الخروج من المنزل، للبحث عن عمل لإطعام أسرته. وعندما حان وقت الإنجاب، ذهبوا إلى المشفى لأن زينب كانت تعاني كثيراً. وهناك أنجبت زينب فتاة، وأسموها: لطيفة، وقام الأطباء بإجراء العديد من الفحوصات للطيفة، وخاصة سرطان الدم، بحيث أوضحوا أنه منذ إنتهاء الحرب، أنجبَ الكثير من الأطفال مع تشوهات خلقية وأمراض أخرى. كانت لطيفة كالطائر الصغير، بنسمة هواء تطير. وعادوا إلى المنزل، وأمضى سندباد طوال وقته مع زوجته الضعيفة، التي كانت تحاول أن تعتني بطفلتها وترضعها رضاعة طبيعية.

وفي أحد الأيام، وعندما عاد سندباد إلى المنزل بعد البحث عن لقمة العيش، وجد زوجته في حالة الإغماء وشاحبة الوجه، من ذلك المرض الذي بدأ يظهر أثناء الحمل بالطفلة؛ الكوليرا. المرض الذي سيطر على جسدها بالكامل. وماتت زينب كطائرٌ صغير. وشعر سندباد بوحدة لم يشعر بها من قبل...، وبعد الدفن، جلس على ضفة النهر حاضناً علي حتى عم الظلام. فلم يكن يعرف ماذا يفعل أو إلى أين يذهب! وكان بحاجة إلى أن يعمل لإطعام أطفاله. ولكن، من سيعتني بهم عندما يذهب إلى العمل؟ ترك الأطفال في بيت أحد الجارات لبضعة أيام، التي نصحته بأن يتزوج مرّة أخرى، لأنه بحاجة إلى زوجة لتعتني بالأطفال. ولكن، لم يكن لسندباد الرغبة في الزواج، ولكن الجارة سعت للبحث، ووجدت له فتاة أرملة قُتل زوجها أثناء الحرب، وكان عندها طفلين، الأول عمره سنتين والثاني بضعة أشهر. فتزوجها سندباد، وذهبوا للعيش في منزل سندباد. وهكذا، كان بإمكانها إرضاع لطيفة والإعتناء بالمنزل، وإستطاع سندباد الذهاب إلى صيد الأسماك، والتجارة بالبضائع التي تنقصهم. فلم يتمكن أحد من شرب

الماء التي تعرضت للتلوث من اليورانيوم، في حين عانى المزارعين لأن البساتين أصبحت عقيمة، كما أنفسهم! وأشجار النخيل والتين لم تعد تثمر. وكان هذا هو العقاب لمساوىء الحاكم.. آه لو أنه لم يكن في هذا البلد سوى حدائق الفاكهة والخضراوات، ولم يكتشفوا هذا النفط اللعين، ربما كنا سنعيش في سلام! كان سندباد يفكر.

وتتوفي لطيفة، الصغيرة والرقيقة، التي لم تستطع مقاومة المرض. وسالت دموع سندباد على خديه حزناً لفراقها، ولكن سرعان ما جفت تلك الدموع بمرور الزمن. ونادى المؤذن، من مئذنة مسجد الإمام علي -عليه السلام- للصلاة، فرفع سندباد رأسه ونظر إلى السماء.

ومرّت عشر سنوات على تلك الحرب. و خلال ذلك الوقت، كان سندباد وزوجته الجديدة قد اعتادوا على العيش معاً. وكان همّ سندباد الوحيد، الحصول على الطعام لعائلته. تاركاً وراءه الأيام السعيدة التى أمضى فيها وقته في الإبحار والبيع والشراء، ولحظات الخوف والحب... ولكنه كان دائماً حاضراً لكل إحتمالات القدر. وغالباً ما كان يبكي فراق زينب، التي تركته ولم ترى علي وهو يكبر، ذلك الفتى الذي عاهدها على أن يعلمه الإبحار، بتلك القدرة الهائلة التي يمتلكها ليكون سعيداً، للعب مع الأطفال في الشارع وفوق الركام وبين الأوساخ أو في المدرسة الباردة والحزينة. هذا هو مستقبل علي.

كان يبدو أنه من غير الممكن أن يحدث أكثر من ذلك، ولكن أمريكا هددت بشن حرب جديدة. والعديد من الناس لم يصدقوا ذلك، ولكن في أحد الأيام كان سندباد في سفينته الشراعية يصيد الأسماك، سمع ضوضاء طائرات، فرفع رأسه وأدرك أنها لم تكن تحلق على النحو المعتاد.

وفي أحد الأيام، وعندما عاد سندباد إلى المنزل بعد البحث عن لقمة العيش، وجد زوجته في حالة الإغماء وشاحبة الوجه.

فهذه المرة كانت أكثر عدداً وأكبر حجماً. وعلى الفور فكر في زوجته وأطفاله في المنزل. فأدار محرك السفينة وعاد مسرعاً نحو المدينة، لكنه فشل في الوصول إلى الميناء لأنه كان مُحتلاً من قبل السفن البريطانية ومئات الجنود، الذين كانوا في كل مكان. فكان عليه أن يهرب وأن يذهب إلى مكان آخر ليرسوا بسفينته، ومن هناك عائداً إلى المنزل سيراً على الأقدام، كان هناك العديد من الجنود والدبابات على الشاطئ، الذين أحاطوا بفندق الشيراتون، والذي إقتحمته الناس اليائسة لسلب كل ما فيه. وفي لحظات قليلة، أصبح الرمز العملاق من الترف العراقي جبلاً من الركام.

عندما وصل سندباد إلى الحي الذي يسكن فيه، وجد حشد كبيراً من الناس! لم يكن يعلم ما الذي حدث، فدخل بين الناس لكي يرى: فوجد أن منزله ومنازل أخرى في الجوار قد دمرت بإحدى الصواريخ. فصرخ صرخة مخيفة وذهب مسرعاً إلى الذي كان منزله، وتمكن من الدخول من خلال إحدى النوافذ، وشق طريقه بين الأنقاض ليعثر على جثث زوجته وأطفالها، وبجانب جثة زوجته وجد إبنه علي وكان لا زال يتنفس، فضمه إلى صدره وخرج به إلى الشارع. وعم الصمت بين الناس، وفي حينها إقتربت مجموعة من الدبابات، فهرع الناس من المكان وبقي وحده مع إبنه بين ذراعيه. وبدأ سندباد بالمشي متجهاً نحو الدبابات، فأحاطت الدبابات به بشكل دائري في ساحة كانت قائمة من قبل، فرفع جسد علي؛ الجسد المغمور بالدماء، جثة إبنه الحبيب الذي كان يريد أن يبحر معه إلى كل البحار العربية، ليتعرف على أشخاص جدد وبلدان جديدة وليتعلم اللغات والمغامرات والحب والضحك... وسار مع إبنه نحو الدبابات، التي أصبحت أكثر قرباً، لم ير ولم يسمع أحداً ولم يكن لديه شيء من الدموع. فجأة، توقفت الدبابات، ووصلت سيارة من الصحفيين، وصرخوا على الجنود: لا تلمسوه! لا تلمسوه! ألا ترون أنه يحمل إبنه

الميت؟ واستمروا في ذلك إلى أن بدأ الجنود بإطلاق النار على آلآت التصوير.

تلك الصورة التي انتشرت في أنحاء العالم، ومن ثم، أصبح سندباد معروفاً في جميع أنحاء العالم، ودعت إحدى المنظمات الإنسانية سندباد للذهاب إلى أميركا لشرح حقيقة ما حدث. لكنه رفض، وهو الذي كان دائماً يحلم بعبور المحيط.

وقال له أحد الصحافيين محاولاً إقناعه:

– إذا ذهبت إلى هناك، فإنك ستظهر على التلفاز وفي الصحف، وسيمكنك أن تشرح ما حدث وأن تقول ما تشاء، وربما ستصبح مشهوراً، أو حتى ستبقى لتعيش هناك لأنه لا يوجد لديك مستقبل هنا.

لكنه لم يرى ولم يسمع، فالمستقبل كان قد مات بين ذراعيه.

أمريكا موجودة، فمنذ عدة سنوات وأنا أسمع بهذا الإسم، وقد سمعت بما يكفي، فليس من الضروري لأن أذهب إلى مكان ما لأصدق أنه موجود، لأن الدليل كان واضحاً جداً الآن. فقد أخذت أميركا زوجته وإبنته وإبنه، وأخذت زوجته الثانية وأطفالها، وأخذت أميركا الأصدقاء والجيران، وسممت الخس والطماطم في حدائقهم... أمريكا موجودة، لأنهم ومنذ سنوات كانوا قد هاجموا؛ الناس في القرى والحقول، وهم من عزز الحصار، الذى أدى إلى مقتل خمسة آلاف من الأطفال دون سن الخامسة في كل شهر. كنت أعرف أن أمريكا موجودة، فكان هناك أدلة كافية، ولم أرغب بالذهاب إلى هناك.

– أنا من هنا، في المدينة التي شهدت على ولادتي وشبابي، حيث كنت سعيداً، حيث وجدت الحب. هذا هو بيتي، مدمر، ملوث ومليء بالدخان. لم يتبقى لي شيئاً: لا سفينة ولا منزل ولا عائلة ولا أمل. ولا حتى الدمع، فلم يبقى لي منه شيئاً. ولكنني ما زلت إنسان.

وسار مع إبنه نحو الدبابات، التي أصبحت أكثر قرباً، لم ير
ولم يسمع أحداً.

ولم يكن لسندباد مدافع ولا صواريخ ولا قنابل ولا دبابات، ولكن لديه يدين وقدمين إثنتين، ومع كل ذلك دماغاً، ما زال يمكنه أن يفكر. جالساً أمام تلك المياه التي أحب، وقرر أنه لن يدوس على كرامته أحد. ونهض، وأخذ حجراً ووضعه في جيبه، وسار بحزم ودون خوف؛ حجراً مستديراً من على الشاطئ، وضغط عليه بشدّة. البصرة كانت مدينته وبيته، ولن يخرجه أحد منها، والحجر الذي منحه القوة عندما كان يلامسه بيده، فالبصرة هي التي مثلت بحره ومدينته وثقافته ومساجدهم، ومثلت الناس التي أحبها سندباد. في كل مرة كان يمشي بسرعة أكبر، متجاهلاً مخاطر الحرب. وعندما وصل إلى مركز مدينة البصرة، كأنها كانت الصحوة: أدار رأسه ورأى العديد من الرجال والنساء والفتيان، الذين كانوا مثله، كل واحد منهم يحمل حجراً في يده. وساروا معاً، بصمتٍ وبعزم، ورؤوسهم مرفوعة عالياً، وفي كل لحظة كان عددهم يزداد وكانوا يشعرون بقوة أكبر. فكان لديهم ما يحتاجون لينتصروا؛ الحق. فمن الممكن أن يستغرق ذلك وقتاً... ولكنه حتماً آتي.

وفي يوم من الأيام سيعودوا للإبحار ويصبحوا سعداء.

الشعب العراقي قد إنتصر.
ولذلك إجتثوا سواعد أطفالهم:
فإذا كانوا قد إنتصروا،
فعلى الأقل لن يستطيعوا الإشارة بعلامة النصر بأصابعهم.

سانتياغو ألبا ريكو

علي بابا

كان علي بابا متزوجاً من إمرأة فقيرة، إسمها مرجانة، وكانوا يعانون من مصاعب مالية كثيرة. وكان علي بابا يذهب في كل يوم إلى الغابة لجمع الحطب وبعض الأعشاب، وأيضاً لجمع بعض التمر والكستناء، كلٌّ في موسمه، وبعد ذلك، كان يبيع كل ما كان يجمع في السوق. أما أخوه قاسم، فكان متزوجاً من إمرأة ثرية، وكان تاجراً، وكان لديه مقدرة فطرية لزيادة ثراءه وممتلكاته. فكان يشتري البضائع بأثمانٍ زهيدة، ويحتكرها ومن ثم يبيعها بأثمانٍ عالية، ليس لديه ذمة ولا أخلاق، فكان يشتري بضائع مسروقة أو مهربة من البلدان المجاورة، مثل: المواد الغذائية، والآلات، والنفط ، والأدوية...إلخ. وكان يبيع هذه البضائع من خلال مجموعة من التجار الفاسدين. فكان همه الوحيد جمع المزيد من الأموال، في حين أن التجارة قد تقلصت كثيراً بسبب الإحتلال الأمريكي، ومع ذلك فإن تجارته كانت تسير على ما يرام، فكان يبيع البضائع للمُحتلين وللمقاومة في الوقت ذاته.

وفي أحد الأيام، عندما كان علي بابا يعمل في الغابة، شاهد عدداً كبيراً من المركبات، وكان الغبار يتطاير من حولها،

فخاف وأختبأ في كهف قريب؛ ففي حال أنهم كانوا الأمريكيون فإنهم سيلقون القبض عليه، مع أنه لم يكن يفعل شيئاً سوى أنه كان يجمع الحطب كالعادة، فلربما يقبضون عليه لذلك!

ومن مكان مظلم في داخل الكهف، حبس علي بابا أنفاسه لكي لا يكتشفوا وجوده، كما إستطاع أن يرى، أنهم في الواقع كانوا جنوداً أمريكيون، وبدأوا بإدخال صناديق مليئة بالأسلحة إلى الكهف حيث كان مختبأً، وأخفوا الصناديق داخل حجرة في داخل الكهف ذاته. في البداية، تعجب علي بابا، ومن ثم فكر.. إنه من المؤكد مستودع لتخزين الأسلحة، ففي حال هاجمت المقاومة معسكرات الجنود المعروفة، فإنهم لن يدمروا مخزون الذخيرة لديهم.. حقاً، إن هؤلاء الأمريكيين أذكياء. وعندما إنتهوا من إدخال كل الصناديق، قام أحد الجنود بإدخال رقم سري على لوحة المفاتيح المخبأة على أحد جدران الكهف، ومن ثم أغلقت البوابة كما كانت قد فُتحت، ووضع الجندي الورقة التي كان مكتوب عليها رمز العبور للبوابة في جيبه، وكان الأخير في الخروج من الكهف، وأثناء خروجه، سحب منديلاً من جيبه ليجفف عرق وجهه. ومن ثم أعاده إلى جيبه، وغادر الكهف من دون أن يدرك أنه أسقط الورقة التي تحوي رمز العبور للبوابة. أثناء ذلك، لم تغب أعين علي بابا عن الجندي ولا للحظة واحدة، وظل مختبأً إلى أن سمع أصوات محركات العربات وهي تدور وتتجه بعيداً، فخرج من مكان إختباءه وذهب مباشرة إلى حيث سقطت الورقة. أخذها ونظر إليها، وكانت عبارة عن مزيج من عشرة أرقام وأحرف، وبخجل، قام بالضغط على لوحة المفاتيح المخبأة على جدار الكهف، تماماً كمام فعل الجنود، ففُتحت البوابة، ذُهل بما رأت عيناه؛ رأى العشرات والعشرات من الصناديق المكدسة بالأسلحة.

...إستطاع أن يرى، أنهم في الواقع كانوا جنوداً أمريكيون، وبدأوا بإدخال صناديق مليئة بالأسلحة إلى الكهف حيث كان مختبأ، وأخفوا الصناديق داخل حجرة في داخل الكهف ذاته.

هيّا!! فهذه ترسانة حقيقية! كان يتمتم. وعلى الفور فكر في الإستيلاء على إحدى الأسلحة للدفاع عن عائلته. ففي الحي الذي يعيش فيه، ويوماً من بعد يوم، تأتي فرق من الجنود ويقتحموا البيوت فجأة، ويفتشوا فيها ويعتقلوا أهلها بحجة البحث عن الإرهابيين.؛ فعاد إلى بيوتهم عدد قليل من الذين قاموا بأسرهم، وفي حال أنهم عادوا، فإنهم كانوا في حالة يرثى لها، في حين أن الناس فضلت موتهم على رؤيتهم على هذا الحال.

ومن ناحية أخرى، كان من الخطير جداً إمتلاك سلاحاً في المنزل... لم يعرف ماذا يفعل، ولكن في نهاية المطاف ومع رغبته في ضمان سلامة عائلته، أخذ بندقية نصف أوتوماتيكية وعلبة من الرصاص. ومن ثم أدخل رمز العبور مرّة أخرى، فأغلقت البوابة وعاد إلى منزله.

كان علي بابا منفعلاً جداً، فأخبر زوجته بما كان قد إكتشف. وقرر الإثنان إخفاء البندقية في مكان سري داخل المنزل، وفي الوقت ذاته، يمكن الوصول إليها بسرعة، في حال داهم الجنود منزلهم في الليل. وبينما كانوا يتكلمون في أمر البندقية، لم يدركوا أن إبنهم الصغير أحمد، كان في الغرفة المجاورة وسمع كل شيء.

في اليوم التالي، أحمد، الذي كان يذهب للعب كل مساء مع ابن عمه، في منزل العم قاسم، قال: الآن لن يمكن أن يحدث لنا أي مكروه، لأن أبي لديه بندقية جيدة جداً، والتي عثر عليها في أحد الكهوف، إذا هاجمنا الجنود في الليل، فإننا سنقتلهم!

وعندما سمع قاسم بذلك، فتح عينيه الإثنتين إلى أقصى حدٍ وفكر: هممم، الأسلحة، دائماً كانت تجارتها رابحة! وكان يريد أن يعرف من أين حصل أخوه على البندقية.

وفي مساء ذات اليوم، ذهب قاسم لرؤية علي بابا، وسأله عن البندقية وكيف حصل عليها؟. فأخبره علي بابا عن إكتشافه. ومن ثم... قاسم، الذي إمتلكه الطمع والجشع، إقترح أن يسرق

كل الأسلحة ويبيعها بأفضل ثمن، سواءً كان داخل البلاد أو خارجها.

— ففي أفغانستان، فإنهم سيدفعون أموالاً كثيرة مقابل هذه الأسلحة، — قالها: وهو متحمس.

— ماذا؟ هل أنت مجنون؟ إن الذي تقترحه أمر خطير جداً، ماذا سيفعل الأمريكيين عندما يجدوا الكهف فارغاً؟

— أجابه قاسم: عندما يكتشفوا ذلك، نكون قد صرنا من الأغنياء وبعيدين عن هنا.

تجادل الأخوين وقت طويلاً، إلى أن هدّد قاسم أخاه، بأنه سيخبر الأمريكيين عن أمره في حال لم يوافق على العمل معه في تجارة الأسلحة. وفكر علي بابا بالذي قاله أخاه، بحيث أنه أقدم على فعل أمور مشابه من قبل، وهو يعلم أن اخاه يفضل المال على أي شيء آخر.

فكيف يمكن أن يكون هناك أناس مساكين إلى هذا الحد في العالم!؟ أنجبتهم ذات الأم، ورضعوا ذات الحليب وتعلموا في ذات المدرسة... كيف من الممكن إذاً أن يكونوا مختلفين إلى هذا الحد؟

— ألا تعتقد أنه في حال وافقتك الرأي، سنكون كلنا في خطر، ليس أنا وأنت فقط. ألا تهمك عائلتك؟ — مجيباً علي بابا أخاه. فاستشاط قاسم غضباً بسبب عناد شقيقه، واقترب منه وأمسك برقبته.

— أرى أمامي أكبر صفقة تجارية في حياتي، وأنت لن تمنعني من القيام بها. فإما أن تخبرني عن مكان الكهف أو أقسم بأنني سأذهب مباشرة إلى معسكر الأمريكيين في حال خروجي من هذا المنزل.

وإرتعد جسد علي بابا. فأخوه كان قادراً على فعل ذلك وأكثر. لذلك، أخبره عن مكان الكهف ومستودع الأسلحة، وأعطاه ورقة رمز العبور للدخول والخروج. وأفعل ما أنت فاعل، ولم يرد أن يسمع شيئا آخر من أخيه.

جثة داخل تابوت. حفرة في المقبرة، ورأس متجه نحو مكة المكرمة. حزنٌ ودموع.

وفي صباح اليوم التالي، أخذ قاسم شاحنته وذهب إلى الكهف مسرعاً، وأدخل رمز العبور، إنفتحت البوابة ودخل إلى مستودع الأسلحة، ولكي لا يراه أحد وهو في داخل المستودع، قام بإدخال رمز العبور من اللوحة الموجودة في الداخل، فأغلقت البوابة من جديد. "آه، يا حبيب النبي"! عندما رأى كل تلك الصناديق المكدسة، التي تحتوي على كل شيء، وكان متحمساً جداً. فهذه وتلك، تباع في السوق السوداء بأسعار كبيرة! وعندها سأصبح من الأغنياء إلى الأبد، وعندما سأقوم ببيع كل الصناديق، سأذهب أنا وعائلتي إلى بلدٍ آخر، وحينها، يمكن للأمريكيين أن يبحثوا عني؛ فلقد سئم من سنوات الحرب الطويلة، فيذهب هو وعائلته إلى مكان فيه فرص عمل جيدة لتاجر مثلي... لدولة ناشئة. الصين، على سبيل المثال. هنالك الكثير من الفرص في العالم!.

ومن دون إضاعة للوقت، وضع قاسم بعض الصناديق بالقرب البوابة، ليضعها لاحقاً في شاحنته. وعندما حان الوقت لمغادرة الكهف، وضع يده في جيبه لسحب ورقة رمز العبور. لكنه لم يجدها!!

— اللعنة، أين قمت بوضع هذه الورقة؟ "تمتم بعصبية، بينما كان يبحث في جيوبه الأخرى". من المؤكد أنها سقطت على الأرض، بينما كنت أقوم بجر الصناديق... إهدأ، إهدأ، فلا بد أن أجدها.

وبحث في كل شبر من الارض حيث كان قد ذهب، ولكنه لم يعثر على الورقة. وظل يبحث ويبحث، وأمضى وقت طويل وهو ويبحث... إلى أن يأس من العثور عليها، فبدأ يجرب بعض الرموز التي بدت إليه أنه كان قد ضغط عليها قبلاً: DX450MA789. لم يحدث شيئاً. DZ450MA739. لا شيء! JX450ME789. لا شيء أيضاً!! فلم تنفتح البوابة، وفي كل مرة كان يشعر بتوتر أكثر وأكثر. وكما كان سميناً، فإنه كان يتصبب عرقاً مثل الثور الهائج. "يجب أن أخرج،

يجب أن أخرج" كان يكررها لتشجيع نفسه. ولكن لم يتغير شيء، فلم يكن لديه حل. وبدأ يشعر بدوران في رأسه، وأحس أنه سمع صوت طنين. في النهاية، أدرك أنه لم يكن مجرد طنين داخل رأسه، بحيث سمع وأحس بهذا الطنين وكان يأتي من الخارج... طنين شبيه بأصوات المحركات... نعم، كانت أصوات محركات، وكانت تقترب... ومن ثم توقفت!

وهنا، دخل قاسم في دوامة من الأفكار من شدة الخوف، وتذكر كل تحذيرات أخيه، ولم يكن لديه وقت إلا ليختبئ خلف بعض الصناديق آملاً بأن ينجوا. ولكنه لم يفلح، لأن الجنود كانوا قد اكتشفوا شاحنته في الخارج، وعثروا عليه خلال دقائق معدودة.

وفي ذات الوقت، زوجته فاطمة: تأخر قاسم عن عادته في العودة إلى المنزل! وبدأت تشعر بالقلق. فهي كانت تعلم إلى أين كان قد ذهب، ومرت الساعات، وكان القلق يزداد. في النهاية، ذهبت إلى علي بابا.

وعند حلول الظلام، ذهب علي بابا إلى الكهف ووجد جثة أخيه على مدخل الكهف، ممزقة ومغطاة بالدماء، وكان أحد الضباع قد قطع أجزاء من جسده. وشاحنة أخيه لم تكن هناك. حملَ الجثة، وعاد بها متخفياً إلى المنزل. ماذا سأفعل الآن؟

ـ فلم أجروء على دفنه هناك، خوفاً من أن يعود الجنود أثناء ذلك، ـ قال لزوجته. ومن ناحيه أخرى، أن يجلب الجثة إلى المنزل سيكون أسوأ، وبدأت فاطمة بالصراخ والبكاء، ويسمع صراخها الجيران... ماذا سنفعل الآن؟ ماذا سنفعل؟.

مورجانه، بالإضافة إلى أنها كانت جميلة، فكانت ذكية جداً، وعلى الفور وجدت حلاً. فإقترحت وضع الجثة داخل حقيبة كبيرة في فناء المنزل، تحت كومة من الأثاث القديم. وكانوا في فصل الشتاء؛ فيمكن للجثة أن تصمد بعض الأيام. ففعلوا ذلك، وحينها طلبت مرجانه من زوجها أن يذهب إلى الشرطة، ليبلغ عن أن أحد اللصوص قد سرق شاحنة أخيه.

— وفي حال سألوك، ولماذا لم يأتي هو للإبلاغ عن السرقة؟ أخبرهم بأنه مريض جداً.

وفي صباح اليوم التالي، ذهبت مرجانه إلى بيت الطبيب، وقالت له: هل لك أن تعطيني بعض الأدوية لشقيق زوجي؟ فهو مريض جداً. ولذلك قمنا بإحضاره إلى منزلنا، فزوجته لا تستطيع الإعتناء به وحدها.

أعطها الطبيب دواءً لآلام البطن والمعدة، كما أخبرته مرجانه عن حالته، وفي اليوم التالي، عادت مرجانه مرّة أخرى إلى الطبيب، وقالت له: إن حالته أصبحت أسوأ من الأمس. وفي اليوم الثالث قالوا إن قاسم قد توفى، ولم يستغرب أحداً من موته. فعلى أي حال، كان الموت شيئاً طبيعياً منذ أن بدأ الغزو. وطوال تلك الأيام لم تخرج زوجة قاسم من المنزل لكي لا يكتشف الناس الخدعة، ومن ثم أعلنت عائلة قاسم عن الجنازة والعزاء، وبدا كل شيء طبيعي. جثة داخل تابوت. حفرة في المقبرة، ورأس متجه نحو مكة المكرمة. حزنٌ ودموع. تعازي الأصدقاء والجيران. قهوة وبعض الحلويات لشكر الناس على المساندة. ولكن المشكلة كانت في كيفية التخلص من جثة قاسم التي قد بدأت تحلل. وفي الواقع كان هناك مشكلة أخرى.

فالأمريكيون كانوا في حيرة من أمرهم، وكانوا يريدون معرفة هوية الشخص الذي كان داخل الكهف.

فكما كان يحدث أحياناً، أطلق الجنود النار على قاسم ومن ثم قاموا بإستجوابه. ولكن تلك الطلقات كانت قد أصابته بجروح بالغة، بحيث أنه لم يكن قادراً على الإجابة عن أي من الأسئلة التي طرحوها: من أنت؟ كيف تمكنت من الدخول إلى المستودع؟ هل أعطاك أحد ما رمز العبور؟ وإذا كان كذلك، كم شخصاً يعرف بهذا المستودع؟ ومن هم؟.

خرج قطيع الحمير من مركز الشرطة، وقطعوا جزءاً كبيراً
من المدينة، إلى أن وصلوا أمام منزل علي بابا.

وكإجراء إحترازي، نقل الأمريكيون الأسلحة من الكهف إلى مخبأ آخر. ومن ثم بدأوا بالتحقيق لكشف هوية مالك الشاحنة. بسبب حالة الفوضى الإدارية في بغداد، استغرق الكشف عن هوية مالك الشاحنة مدة أسبوع، وكان مالكها تاجر يدعى قاسم، الذي كان قد دفن قبل ثلاثة أيام بسبب المرض.

– بحال أنه كان مريضاً جداً، فماذا كانت تفعل شاحنته على مدخل الكهف؟ – سأل المحقق فهد "من الشرطة العراقية" علي بابا.

– في الواقع، سرق أحد اللصوص الشاحنة في مساء ذالك اليوم. – أجاب علي بابا بكل هدوء ممكن، وأظهر له ورقة إدعاء السرقة.

فلم يبقى شيئاً يقوله. لكن المحقق لم يقتنع، وأحس أن هناك شيء مريب جداً. وهكذا قال الأمريكيون أيضاً.

لم يكن لديهم أي دليل على أن علي بابا كان يعرف شيئاً عن الكهف، كما أنهم كانوا يعرفون أيضاً أن علي بابا لم يكن يعمل بالتجارة مع أخاه. ولكنه كان مشتبهاً به، ولم يريدوا أن يخاطروا في الحكم. فكان عليهم أن يعتقلوهم جميعاً، هو وعائلته للتحقيق معهم.

ولكن، علي بابا كان محبوباً ومعروفاً جيداً لأهل القرية، فمن الممكن أن يسبب إعتقاله بعض المشاكل. فأوصى المحقق فهد أن يتم إعتقاله سراً، وبأقصى حد ممكن من الهدوء. وعرض عليهم خطته، وكانت كما لو أنها أخذت من حكايات ألف ليلة وليلة.

ألا تعتقدون أن هنالك الكثير من تجار الزيت؟ ألم تروا أن العديد منهم، وبسبب الصعوبات للحصول على البنزين، قد عادوا إلى الطرق القديمة في إستخدام الحمير لنقل البضائع؟ أليس ذلك صحيحاً؟ – معلقاً المحقق فهد، ويريد أن يظهر جدارته أمام الامريكيون. فسوف نتخفى أنا ورجالي بلباس ومعدات تجار الزيت، وسوف نحضر لكم علي بابا وزوجته

وأولاده الأربعة من دون أن يشعر أحد بذلك.

فضحك الأمريكيون على خطة فهد، ولكنهم وافقوا عليها. ففي حال أنه فعل ما قال، فسوف يزوده الأمريكيون بالشوكولاته، طوال الوقت الذي سيمكث فيه الامريكيين. كان فهد يحب الشوكولاته كثيراً.

إشترى المحقق فهد ثمانية جرار كبيرة، وحمّلها على أربعة حمير، وكان يتظاهر بأنها مليئة بالزيت. في الواقع، كان هناك جرتان فقط مملوءة بالزيت. أما الجرار الأخرى فقد إختبأ بداخلها ستة رجال من الشرطة. خرج قطيع الحمير من مركز الشرطة، وقطعوا جزءً كبيراً من المدينة إلى أن وصلوا أمام منزل علي بابا، وكانت الشمس قد غربت وبدأ البرد يشتد. المحقق فهد، متقمصاً شخصية بائع زيت، طرق باب المنزل وقال لعلي بابا، أنه كان صديق قديم لأخيه قاسم، كان قد تعرف عليه من خلال التجارة؛ وكان قد ذهب إلى منزله، ولكن قبل أن يطرق الباب، أخبره بعض الجيران بأنه قد توفى وأن عائلته تعاني كثيراً لفقدانه. ولذلك طلب منه المبيت تلك الليلة لأنه لم يرد أن يزعج عائلة المتوفى. وأن الوقت قد تأخر ويجب عليه أن يكمل طريقه إلى الكاظمية في صباح اليوم التالي ليبيع الزيت.

ـ فأنا لا أثق بالشرطة، كما تعلم. قالها فهد محاولاً إقناعه، فإذا قمت بترك الحمير في الشارع فإنني أخاف أن يستولوا على البضاعة. فأنت تعلم كم هو من الصعب الحصول على الزيت في هذه الأيام. وبالنسبة إليّ، فإنه يعني كل شيء، فزوجتي وأولادي السبعة ينتظرونني في المنزل، لأعود إليهم بالنقود من بيع الزيت وأوفر لهم الطعام. ولإيضاح كلماته، أخذ إبريق الكيل، وملئه بالزيت. وقال: لحسن ضيافتك لي، فإنني سأملئ جرة المطبخ عندك بالزيت.

ومن بعد كل هذه العبارات، إقتنع علي بابا على إستضافة التاجر في منزله، وأدخله إلى فناء المنزل، وأتجه إلى

الإسطبل ليدخل الحمير والزيت، وبعد أن إنتهوا من ذلك، دعا علي بابا التاجر إلى بيته.

– رباه، لا لا، لا أريد أن أزعجكم، فأنا أفضل بالبقاء هنا في الإسطبل، مع الحمير. لا تقلقوا بشأني فأنا تعب جداً وسأخلد إلى في غضون ثوان.

تعجب علي بابا كثيراً لأن التاجر رفض دعوته، ولكنه لم يلح عليه كثيراً بالدخول إلى المنزل معتقداً أنه يفضل البقاء بالقرب من بضاعته الثمينة ليراقبها.

فدخل علي بابا إلى المنزل وأخبر زوجته مرجانه بكل ما حصل، وكانت في المطبخ تحضر الطعام، وأظهرت الزوجه بأنها كانت راضية عن القرار الذي إتخذه زوجها لإستضافة التاجر.

– وقالت الزوجة: عندما أنتهي من الطبخ، سأقدم بعض الحساء للتاجر؛ بحيث منع علي بابا أولاده الذهاب إلى الإسطبل لكي لا يزعجوا التاجر. وبعدها خرج علي بابا في مأمورية.

– لا تتأخر كثيراً فالعشاء على وشك أن يجهز، قالت له زوجته ذلك عندما رأته يغادر المنزل.

وعندما إنتهت من الطبخ، حضرت وعاء من الحساء وذهبت لتقديمه إلى التاجر، ولكن عندما إقتربت من الباب، سمعت بأشخاص يهمسون. فاقتربت ببطء وحذر.

– سمعت صوت رجل يتمتم: ننتظر إلى أن يخلد جميعهم إلى النوم لنقوم بعملنا.

– ولكنه ليس مريحاً على الإطلاق المكوث داخل الجِرار؛ كان يشتكي أحد الشرطة المختبئين للمحقق.

– هشششش! هدوء، هدوء، هل تريد أن يكتشفوا أمرنا؟

ولكي لا يظهر كالأحمق، ولكي ينسى الأمريكيون أمر علي
بابا وعائلته، قال للأمريكيون أنه قد تعقدت الأمور بعض
الشيء، ولذلك كان من الواجب قتلهم جميعاً.

بهذا إكتنفت مرجانه لتكون متأكدة بالذي كان يحدث. فذلك الرجل لم يكن تاجراً، وإنما كان شخصاً ينوي خطفهم تلك الليلة، وليصبحوا في رحمة الله! ماذا كان عليهم أن يفعلوا؟؟ فتلك الحادثة أعادت إلى ذاكرة مرجانه القصة المشهورة للأربعين حرامي اللذين إختبئوا داخل الجِرار.

– إذاً، سأفعل كما فعل بطل القصة! وسأجعلهم يقعون في المصيدة! قالت ذلك من بعد أن سيطرت على خوفها.

وبهدوء تام، عادت إلى المطبخ، وبدلاً من وعاء الحساء، أعدت طبق كبير من الطعام، ووضعت في الطبق، كل الطعام الذي كان موجوداً لعشاء العائلة في ذلك المساء. ومن ثم ذهبت وأحضرت مخدراً؛ الذي كانت تستخدمه كمهدء ومخفف للآلام، وقامت بوضع جرعات صغيرة في الطعام. ومع هذا الطبق الكبير والشهي ذهبت إلى الإسطبل، ولكن قبل أن تقترب أصدرت بعض الضجة لكي يسمعوا وصولها.

– أيها التاجر! لقد أحضرت لك القليل من الطعام للعشاء، هل يمكنني الدخول؟

سمعت صوت خطوات سريعة؛ بحيث عاد الثعالب إلى مخابئهم.

– نعم نعم، لحظة واحدة... إنني أبدل ملابسي...

كان عذراً بطبيعة الحال، فمن سيبدل ملابسه لينام داخل إسطبل شديد البرودة؟

– يمكنك الدخول، قال التاجر المزعوم.

دخلت مرجانه حاملة الطبق، وعندما رأى المحقق فهد، الطبق الذي قدمته إليه، نظر إليها مذهولاً من كرم هؤلاء الناس.

– إلى أين أنت ذاهبة أيتها السيدة بكل هذا الطعام؟ هذا طعام لعشرة أشخاص!!

– قال لي زوجي بأنك تعب جداً، وغداً في الصباح الباكر ستسافر إلى الكاظمية، والتي تبعد عشرون كيلومتراً عن هنا. فعليك أن تأكل جيداً لتقوى على السفر.

– ولكن هذا كثير جداً.

– في منزلنا، نحب أن نعامل الضيوف كما لو أنهم كانوا أمراء. ونشعر بالفخر بالقيام بذلك، ويجب أن لا تدع شيئاً من الطعام، لأننا في هذا الحال سنكون مستائين جداً.

– لا شيء في نيتي أبعد من الإساءة إليكم. قالها المحتال مع قليل من الندم.

– هنيئاً لك الطعام وأحلاماً سعيدة. غداً سأعود لآخذ الصحون والطبق.

خرجت مرجانه وأغلقت باب الإسطبل، وكلها أمل أن يسير كل شيء كما هو مخطط له.

جاء علي بابا، وأخبرته زوجته بالذي إكتشفته عن التاجر المحتال، وعن الذي قامت بفعله. فإذا سار كل شيء كما هو مخطط له، وتقاسم التاجر المحتال الطعام مع رجاله، فإنه وبعد وقت قصير سوف ينامون كلهم نوماً عميقاً، وتفر العائلة.

وهكذا حدث. في الواقع، شارك المحقق فهد العشاء مع رجاله، تماماً كما تصورت مرجانه، وغط كل الرجال في نوم عميق، حتى أنهم لم يسمعوا أي من الأصوات عند فرار عائلة علي بابا من المنزل، وبحيث أنهم أخرجوا الحمير من الإسطبل وإستخدموها للفرار مع أثاث المنزل. ومن جديد، أنقظ ذكاء مرجانه العائلة من أزمة حرجة.

وفي اليوم التالي، وعندما إستيقظ المحقق فهد ورجاله، وجدوا المنزل فارغاً، وعثروا على رسالة مكتوب فيها: "بصحة وعافية!!".

الهروب، بالمساعدة القيمة للحمير الأربعة في نقل أثاث المنزل.

وشعر المحقق بأنه قد خدع، فغضب جداً، ولكنه كل ما فكر بما حدث، كان يهدأ مثمناً ذكاء تلك السيدة. إلى أن بدا له الأمر مضحكاً. كان يستحق ما حصل له، لأنه أراد إيذاء الفقراء. ولكي لا يظهر كالأحمق، ولكي ينسى الأمريكيون أمر علي بابا وعائلته، قال للأمريكيون أنه قد تعقدت الأمور بعض الشيء، ولذلك كان من الواجب عليهم قتلهم جميعاً؛ وأنهم أجهزوا عليهم جميعاً ولم يشعر بهم أحد من الجيران.

ومن بعد هذه الكذبة، التي تقاسمها هو ورجاله، الذين لم يريدون أن يظهروا كالحمقى أيضاً. وهدأت مخاوف المحقق فهد، وكان ضميره راضياً تماما. ولكن ليس هناك شوكولاته، قال الأمريكيين. "لأن قتلهم لم يكن ضمن الإتفاق" فأجاب "إلا بوجود أسباب قاهرة". الجملة التي سمعهم يرددونها كثيراً.

مع مرور الزمن. هرمَ علي بابا ومرجانه، وعاشوا حياة رديئة، ولكن بهدوء، في الأردن. إلى أن جاءتهم المنية، ليجدوا السلام في الآخرة، لأنهم أوفوا بتعاليم دينهم، ولم يؤذوا أحداً، وحرصوا دائماً على مساعدة المحتاجين.

مصباح علاء الدين السحري

كان علاء الدين صبياً من أسرة بسيطة، كان في الثانية عشرة من عمرة وكان محب للحياة، فقد توفى والده في الحرب، وكانت والدته تعمل في حياكة الملابس لدى أحد الخياطين. كانوا يعيشون في حي الرصافة؛ في الحي القديم لبغداد وبالقرب من نهر دجلة. المدرسة التي كان يذهب إليها، كانت قديمة وباردة، وكانت جدرانها عارية، ولكنها لم تخلوا يوماً من الصورة الكبيرة للرئيس، وكان هناك بعض النوافذ المكسرة، والتي لم يقم أحداً بتغييرها منذ عدة أشهر. والمعلمة، كانت إمرأة طويلة القامة وسمينة، وعلى الرغم من مشاكسة الطلاب، فإنها وفي كثير من الأحيان لم تكن توبخهم على ذلك. وكانت دائماً تبدو متعبة، ولكن علاء الدين والطلاب الآخرين لم يفهموا لماذا هي كذلك! فعلى العكس فهم لديهم الرغبة في الجري والقفز واللعب! وفي أحد المرّات، تغيب أحد الطلاب عن المدرسة، ولكنه ومنذ ذلك اليوم، لم يعد إلى المدرسة مرة أخرى! ومن ثم، ومن دون وعي عن الذي قد حصل، توقف اللعب وإمتلئت النظرات بظلام داكن السواد. سأل علاء الدين والدته عن السبب الذي جعل ذلك الصبي يتوقف فجأة عن

الذهاب الى المدرسة؟!، وكان دائما يحصل على نفس الإجابة: "لقد مات من الجوع، الخوف أو الحزن". ولأيام قليلة، كان علاء الدين صامتاً وحزيناً، ولكن سرعان ما عادت إليه الرغبة في القفز واللعب.

أحياناً، عندما كان يخرج الطلاب من المدرسة، كانت تذهب مجموعة من الأطفال إلى المستنصرية؛ التي كانت في فترة العباسيين، عبارة عن مكان إقامة لسلالة قديمة من الخلفاء اللذين قطنوا بغداد، وكان هناك إحدى أهم الجامعات، والتي كان يدرّس فيها، الأكثر تقدماً في علم الفلك والصيدلة والطب. كانوا يتسللون إلى الفناء المركزي ويختلسون النظر من خلال نوافذ الفصول الدراسية.

كثيراً من الأحيان ومن بعد الظهيرة، كان علاء الدين وأصدقائه يصعدون على سطح المدرسة، ويقضون وقتاً طويلاً في التأمل والنظر إلى النهر. بحيث كان يقسم نهر دجلة المدينة إلى قسمين، وكان هناك عشر جسور للعبور من جانب إلى آخر، والتي كانت دائماً مزدحمة بالسيارات والشاحنات والدراجات والعربات... تلك الجسور التي دمرتها الحروب مراراً وتكراراً، والتي وفي كل مرّة، كان يعيد بناؤها سكان بغداد الصامدون. ومن هناك، كان غروب الشمس يغمر أسطح المنازل ومآذن المساجد باللون الأحمر. وفي إحدى الليالي ومن دون أن يدركوا، تأخر الوقت ونزل الليل وهم جالسون هناك، وعادوا إلى منازلهم من بعد منتصف اللليل؛ وكانت أمهاتهم قد قلقن عليهم كثيراً بسبب تأخرهم.

ـ لقد سبق وأن قلت لك ألف مرة، أنني لا أريدك أن تدور في الشوارع إلى هذا الوقت، صرخت والدة علاء الدين، في الوقت الذي خفض علاء الدين عينيه، تائباً.

بالإضافة إلى الساعات التي كان يقضيها في المدرسة، كان علاء الدين يحب الذهاب إلى السوق، حيث كان يملأ أجيابه بفائض الفواكه والخضروات.

المدرسة التي كان يذهب إليها، كانت قديمة وباردة، وكانت جدرانها عارية، ولكنها لم تخلوا يوماً من الصورة الكبيرة للرئيس، وكان هناك بعض النوافذ المكسرة، والتي لم يقم أحداً بتغييرها منذ عدة أشهر.

وكان دائماً يراقب العمال والتجار؛ الحداد الذي يطاوع قطع الحديد أو الإسكافي الذي يرقع الأحذية أو الكاتب الذي يكتب الرسائل للأشخاص اللذين لا يعرفون الكتابة. فهو كان يريد أن يتعلم الكثير في المدرسة، لكي يستطيع كتابة الرسائل لمن يشاء.

في المساء، وبعد تناول العشاء المعتاد مع والدته، كان يذهب علاء الدين ليتمشى على ضفة نهر دجلة، وكان يراقب المطاعم وهم يقومون بشوي الأسماك. ومن ثم كان يذهب إلى شارع أبو نواس، من على جسر الجمهورية إلى جسر بغداد المعلق (14 تموز)؛ فقد كانت هذه أسماء بعض الجسور من عهد صدام، وما زالوا يسمونها هكذا. لم يأكل شيئاً من تلك الأسماك، ولكن الرائحة كانت تعطيه متعة خاصة؛ فكان يفتح أنفه إلى أقصى حد، ويتنفس بعمق، إلى أن تصل الرائحة تقريباً إلى معدته، وهكذا كان يشعر بسعادة. ومن ثم كان يسير إلى أن يصل إلى الميناء، حيث كان هناك نصب تذكاري لشهرزاد، بطلة حكايات ألف ليلة وليلة.

في إحدى الليالي، بالقرب من المياه، بينما كان يراقب أحد الصيادين، رأى شيئاً يلمع في الماء، فاقترب بحذر وأخذه، وعندما خرج من الماء أدرك أنه كان مصباحاً، لم يكن كبيراً وكان مصنوعاً من النحاس. وتذكر القصة التي كانت تقصها عليه والدته عندما كان صغيراً لينام. "الآن، لا يوجد جان"، قال علاء الدين. ولكنه لم يستطع أن يقاوم رغبته، ففرك المصباح بلطف، ومن ثم بقوة أكبر. وفكر "على الاقل سيكون لامعاً أكثر، قبل أن أذهب إلى المنزل وأهديه لأمي". ولكنه كاد أن يموت من شدة الخوف عندما، فجأة بدأ المصباح بإصدار ضجيج من الداخل، وكأن بداخله ماء يغلي، ومن ثم إنطلق من المصباح دخان كثيف إلى أن، وفي النهاية، خرج له جني المصباح. "هذا ليس حقيقياً، فهذا يحدث في القصص فقط!" ثم فرك علاء الدين عينيه، وقرص خديه، ليتأكد من أنه كان

مستيقظاً وأنه لا يحلم، وشاهد بدهشة الجني، الذي ظل جالساً أمامه.

ـ سيدي، قال له الشيء الغريب في حين كان ينحني برأسه، أشكرك على إخراجي من الظلمة. فلم أخرج من المصباح منذ مئات السنين!

ـ هل أنت حقاً جني المصباح أم أنني أحلم؟ سأله علاء الدين، وكان ما يزال خائفاً بعض الشيء. لا، أجابه الجني، إنه ليس حلماً، فالجن موجوداً منذ بداية العالم، وسنبقى موجودين دائماً. ومهمتنا هي خدمة أسيادنا.

ـ خدمتي أنا؟ متعجباً علاء الدين، ولم يكن يصدق ما قد سمع، كيف يمكنك أن تخدمني؟

من ثم، قال الجني: بإمكاني أن أحقق لك ثلاث أمنيات، ولكن لا يجب أن تكون هذه الأمنيات كبيرة ومهمة جداً، لأنني ليس من الدرجة الأولى.

ـ ماذا تعني بأنك جني ليس من الدرجة الأولى؟

ـ هذا سهل جداً. تماماً مثل فرق كرة القدم، هناك فرق من الدرجة الأولى والثانية والثالثة....، وعالم الجن يسير بنفس الطريقة، هناك جان من درجات مختلفة، ومن خلال أمنيات أسيادنا، فإنه وفي حال أن الأمنيات كانت أو تكون لتحقيق شيء مهم لرفاهية العالم، فإن درجة الجن ستعلوا.

ـ ومن الذي يقرر ذلك؟

ـ مجلس الأعيان للجان.

وكلما سمع علاء الدين أكثر، كانت دهشته تزداد. لا، لا يمكن أن يكون كل هذا صحيحاً. ولكن، وفي حال أنه كان صحيحاً؟ فإن أفضل طريقة كانت لمعرفة ذلك، أن يثبت له الجني من خلال تحقيق شيئاً ما.

ـ إذا طلبت منك أن تحقق لي شيئاً، فهل ستحققه لي؟

ـ إذا كان شيئاً صغيراً... نعم.

ـ صغيراً، إلى أي حد؟

– حسناً...، سأقول لك بعض الأشياء والتي لا يمكنك أن تطلبها، وهكذا ستفهم الذي أعنيه. مثلاً، ليس لدي السلطة على حياة وموت الأفراد، ولا أستطيع أن أنقلك إلى موقع آخر، ولا أستطيع أن أجعلك من الأغنياء ولا أن أخفي قاتلا أو منع الحرب...

فجلس علاء الدين ليفكر وسأل الجني:

– إذاً، ما الذي يمكنك أن تحققه؟

أجابه الجني: بإمكاني أن أمنحك العديد الأشياء، على شرط ألا تكون أشياءً غير عادية. ونصح الجني علاء الدين أن يفكر في حياته اليومية، والأشياء التي يقوم بها، والأشياء التي تقوم بعملها والدته والأصدقاء... ومن ثم، إتضحت الأمور لعلاء الدين، وكان عنده طلب.

– هل بإمكاني أن آكل سمكة مثل هؤلاء الناس الذين يأكلون هناك؟ سأل وهو يشير إلى مطعم قريب.

– طبعاً!

ولم ينتهي علاء الدين من لفظ تلك الكلمات، حتى أنه وجد أمامه طبق وفيه سمكة شبوط كبيرة ومشوية، مقسومة إلى نصفين ومجهزة بالملح والتوابل، وكانت رائحتها شهية جداً.

– يا إلهي، صارخاً، ومن دون إنتظار بدأ في أكل السمكة.

وبعد مرور وقت قصير وهو يأكل، وفي حين كان حذراً لكي لا يحرق أصابعه، تنفس بعمق وفكر أن يأخذ النصف الآخر من السمكة إلى والدته. وفي الواقع، كانت معدته قد إمتلأت. رفع رأسه ونظر إلى الجني؛ الذي إبتسم راضياً إلى جانبه.

– وإذا طلبت منك شيئاً آخر، هل تستطيع أن تلبيه لي؟ من ثم شرح له الجني كيفية عمل القوانين العامة للأمنيات. يمكنه أن يطلب ثلاثة أمنيات، كما كان الحال دائما.

– أو أنك لم تقرأ أبداً أي من الحكايات؟ منتقداً إياه.

فرك علاء الدين عينيه، وقرص خديه، ليتأكد من أنه كان مستيقظاً وأنه لا يحلم، وشاهد بدهشة الجني، الذي ظل جالساً أمامه.

وبالإمكان طلب الأمنيات الثلاث في الوقت ذاته، أو واحدة تلو الأخرى. ومع ذلك، فإن منح الأمنيات لا يكون بشكل دائم أو في أي وقت، في قول آخر، في حال أن تطلب الأمنيات الثلاث، فإنه لا يمكنك أن تطلب أي شيئاً آخر إلا بعد مرور ثلاثة أشهر على ذلك. فعليّ ان أستجمع قواي وأعيد شحن البطاريات.

كان علاء الدين صبياً حذراً، وفضل أن يفكر جيداً في أمنياته الاثنتين التاليتين. وقال علاء الدين أنه ليس بحاجة إلى شيء آخر في الوقت الراهن، وطلب من الجني أن يعود إلى المصباح، وتوجه الصبي مسرعاً إلى منزله مع هذا الشيء الثمين، حاملاً إياه مع نصف السمكة الآخر. وعندما وصل إلى المنزل ورأت والدته السمكة وكانت لا تزال ساخنة، سرّت بها كثيراً. وقال علاء الدين لوالدته، أن أحد المطاعم أعطاه هذه السمكة، فصدقته الأم الطيبة. فلم يشأ أن يخبرها بقصة المصباح، وفضل أن يبقيه سرّاً.

في تلك الليلة، لم يكن علاء الدين قادراً على النوم جيداً. وفي اليوم التالي، في المدرسة، قص علاء الدين سره على أفضل صديق لديه "جميل"؛ جميل الذي كان قد رأى أخاه الأكبر وهو يموت؛ عندما إنفجرت قنبلة بجانب الطريق أثناء عودته من المدرسة، والأخ الثاني، الذي كان قد ذهب للعب كرة القدم مع أصدقائه، ولم يعد من بعدها إلى المنزل. وكانت والدته مريضة. لأنها لم تكن تأكل إلا القليل، لتترك الطعام لجميل وأخاه الأصغر ليأكلوا. ومن ثم أصيبت والدته بالانفلونزا وأصبحت مريضة جداً. ولذلك سأل جميل علاء الدين:

— هل تعتقد أن بإمكان الجني الحصول على بعض الدواء لوالدتي؟

على الفور قال: إن هذا سبباً وجيها ليطلب أمنيته الثانية. وبعد الإنتهاء من المدرسة، ذهب علاء الدين وصديقه إلى منطقة

خالية بجانب النهر، وفرك علاء الدين المصباح وخرج الجني مرة أخرى، ومن ثم طلب علاء الدين من الجني أن يحضر له مضادات حيوية لوالدة جميل.

– يا إلهي، مضادات حيوية، مضادات حيوية، محتجاً الجني. تعتقدون أنه من السهل الحصول على هذا الدواء! فأنا لا استطيع أن أصنع من لا شيء، شاحنة مليئة بالمضادات الحيوية. فهذه مواد شحيحة، حتى بالنسبة للجان.

– فكم يمكنك أن تجلب لنا؟ متوسلاً إياه جميل.

– كحد أقصى لأمنية واحدة، بإمكاني أن أجلب خمسة صناديق.

فنظر كل منهما إلى الآخر فرحين، وقال علاء الدين كلمة واحدة:

– موافق!

وفي الحال، وعلى إحدى الصخور، ظهرت خمس صناديق كبيرة من المضادات الحيوية، فأخذها جميل بسرعة، وضم علاء الدين إلى صدره، ومن ثم ذهب مسرعاً إلى منزله.

والأمنية الثالثة لعلاء الدين، كانت عبارة عن ماكينة خياطة لوالدته. وكان يعلم أنه لا يسطيع أن يطلب أي شيء آخر إلا بعد مرور ثلاثة أشهر. وبهذه الماكينة إستطاعت والدته العمل بشكل أفضل وبسرعة أكبر. ولكن الخبر السار كان، أن والدة جميل قد شفيت بعد إستخدامها للدواء.

وبعد مرور ثلاثة أشهر، عاد علاء الدين بطلب أشياءً أخرى؛ ضمن حدود قدرات الجني طبعاً، فكان يطلب أشياء بسيطة للغاية مثل: صندوق من الفاكهة، ملابس أو المزيد من الأدوية لبعض الجيران المرضى والمحتاجين، خزانات صغيرة من البنزين التي كان يبيعها على أشارات المرور...

وكانت تمر الأيام والشهور، محفوفة بالمخاطر أثناء النزول إلى الشارع؛ ففي كل ركن وزاوية، السوق أو المسجد أو حتى أمام المدرسة، كان من الممكن أن تنفجر إحدى القنابل. ففي

بغداد، كان يجهل الناس كلمة "غداً"؛ ولذلك عاشوا أيامهم لحظة بلحظة.

قال الأمريكيين أنهم غزوا البلاد للإطاحة بالديكتاتور، لكنهم لم يغادروا من بعد ذلك، وإحتلوا البلاد، وقاموا بإجراء الإنتخابات لفرض سيطرة الحكومة، ولكن العنف على أرض الواقع لم يتوقف. وكأن أتباع بن لادن إغتنموا الفرصة لوضع قنابل في كل مكان! وبدلاً من أن تتحسن الأمور، أصبح كل شيء أسوأ من ذي قبل، وبصرف النظر عن القوات الأجنبية، كان هناك الجيش العراقي، وبالإضافة إلى ذلك، الميليشيات التي لا يُعرف من أين قد جاءت، اللذين خطفوا وقتلوا الناس.

وشهد علاء الدين، العديد من أصدقائه اللذين تيتموا بسبب وفاة أو إختفاء أسرهم؛ ولأنهم لا يملكون شيئاً ليعتاشوا منه من بعد رحيل الآباء والامهات، سقطوا في أيدي العصابات والمجرمين، اللذين قاموا بإستغلالهم والاعتداء عليهم. وفي إحدى الليالي، إلتقى علاء الدين بجارة يتيمة في سنه، وكانت تنشم الغراء بالقرب من إشارة المرور، فشفق عليها كثيراً. ولذلك، فإن الطلب التالي لعلاء الدين كان لمساعدة تلك الطفلة.

في المدرسة، وفي فصل علاء الدين، كان هناك عشرون طالب، أحياناً لم يكن يحضر سوى إثنين أو ثلاثة من الطلبة. وفي أحد الأيام، وبعد أن خرج علاء الدين من المدرسة، رأى سيارة تتوقف، وخرج منها أربعة رجال، وقاموا بخطف طفلة، خديجة؛ كانت تبلغ عشر سنوات فقط، وكان على والديها بيع المنزل والسيارة لدفع الفدية ليستردوها من الخاطفين.

كان علاء الدين يقوم بتقديم الطلبات إلى الجني، أربع مرات في العام، وكان قد إعتاد على ذلك، فكان دائماً يفكر جيداً في الطلبات التي يريد أن يحققها له الجني... وعلى هذا الحال مرّت بضع سنوات. في بغداد، مات العديد من الاطفال، بسبب الجوع الحصار، في حين كان لا يزال الدكتاتور ينعم

بالقصور، وأيضاً، بسبب الغزو والإحتلال الأمريكي والبريطاني. ومن جهة أخرى، لم يكن علاء الدين مهتماً فيمن يحكم البلاد، أكان الحاكم طاغية مع أوسمة، أو ملكاً مع تاج، أو حتى مدني منتخب، فالوضع سيكون سيئاً كما هو الحال... وفي أحد المرات، فكر علاء الدين أنه بحاجة إلى عطلة يذهب فيها إلى مكان ما في الغرب، لأن ذلك لم يكن عادلاً.

أخيراً، وبمساعدة من الجني، تمكن علاء الدين من الدخول إلى الجامعة؛ والتي لم تعد مرموقة وذات عزّ كما كانت في الماضي. الآن، قتل المعلمين كان يومياً، وظروف الدراسة لم تكن مستقرة، ومع ذلك، فإن علاء الدين إجتهد ودرس كثيراً ليصبح واحداً من أفضل طلاب القانون. وجميل أيضاً، قد أصبح شاباً، وكانت والدته بصحة جيدة، ويعود الفضل للدواء الذي كان يحضره الجني. وفي الوقت ذاته، كان جميل يعمل في مكاتب الثكنات العسكرية، بالقرب من مطار بغداد، فمن المؤكد أنه لم يكن يحب هذا العمل كثيراً، ولكن دراسته لم تسر على ما يرام، كما هو الحال لعلاء الدين، ولذلك كان عليه قبول أول فرصة عمل سنحت له. وبعد مدّة من الزمن، إستقال جميل من الوظيفة، وقال لعلاء الدين: على الأقل، أنا كنت محظوظاً، فهناك كثير من الناس العاطلين عن العمل، وكان قد تحدث كثيراً في هذا الشأن مع علاء الدين قبل أن يتخذ قراره. لكنه لم يكن يرى الأمور بوضوح، ولكنه إعترف بأن المعيشة كانت صعبة للغاية في ذلك الوقت، وكان عليه العمل في أي شيء. فبعض من معارفه إتهموه بالخيانة والتعاون مع المُحتل، ولكنه أجابهم: أنه إذا كان هؤلاء الناس هم أصحاب كل شيء!، فإن العمل في أي مكان سيؤدي إلى النتيجة ذاتها. وبطريقة أو بأخرى، فإنه يجب علينا كسب لقمة العيش، أليس كذلك؟.

والدته، وبهذه الماكينة تمكنت من العمل بشكل أفضل وبسرعة أكبر.

وعلى الرغم من أن الثكنة العسكرية كانت تعج بالقوات العراقية، وكان هناك كتيبة واحدة من الجنود الامريكيين، الذين وفي واقع الأمر، كانوا يديرون كل شيء كما يشاؤون. في بعض الأحيان، كان علاء الدين يذهب إلى مكان عمل صديقه جميل، ليصطحبه إلى ضفاف نهر دجلة، كما كانا يفعلان عندما كانوا صغار السن. في أحد الأيام، عندما كان علاء الدين ينتظر صديقه؛ بعيداً قليلاً عن المدخل، رأى سيارة جيب تخرج ويقودها أحد الجنود الأمريكيين. وتوقفت السيارة للحظة، للإلتفاف إلى الطريق الرئيسي، وحينها تمكن علاء الدين أن يرى بشكل أفضل: فقد كانت فتاة شابة، مستديرة الوجه، ولون بشرتها غامقة بعض الشيء، وعيناها كبيرتان جداً. ولاحظت الفتاة أن أحداً كان ينظر إليها، فنظرت إليه أيضاً. ومن ثم، وبدلاً من أن تنظر إليه بنظرات العدو الجافة والمتعجرفة، نظرت إلى علاء الدين بنظرات ناعمة وجميلة، والتي أسرت قلبه. وأذهلت هذه النظرات علاء الدين، وعندما خرج صديقه، لم يتوقف علاء الدين عن طرح الأسئلة: "من هي؟، ما هو إسمها؟، وبماذا تعمل؟، هل تخرج من هنا كل يوم؟، في أي وقت؟".

– الكثير من الأسئلة التي ليس لها إجابة! قال له جميل أنه لا يعرف أي شيء عن هذه الفتاة.

ومنذ ذلك اليوم، لم يستطع علاء الدين أن يتوقف عن التفكير بتلك الفتاة. وفي أحد الأيام، في الفصل الجامعي، إعترف لأحد زملائه بأنه يحب... زميله غاضباً:

– ماذا!! تحب فتاة أمريكية؟ كيف إستطعت أن تفعل شيئاً كهذا؟ إنهم مجرمين من دون قلب ولا رحمة؛ هل نسيت الذي فعلوه بآبائنا وأصدقائنا؟

كان ينتمي ذلك الشاب إلى المقاومة، واعتقد علاء الدين أن زميله كان على حق، ولكن علاء الدين لم يستطع أن يتوقف عن التفكير بالفتاة الأمريكية. كان قد أحبها بجنون. وكان

يقول: من المؤكد أن يكون هناك بعض الأمريكيين الطيبين. وأصبح جميل "إله الحب" لعلاء الدين، فقدم إليه المعلومات التي أراد. فكانت تدعى تلك الفتاة سوزان، وهي من أصول إسبانية، كانت يتيمة، وهاجرت من المكسيك لتعيش في الولايات المتحدة، ولم تكن متزوجة.

– وماذا أيضاً؟ أخبرني المزيد عنها، فكل شيء كان يبدو قليلاً لعلاء الدين. – ما رأيك، سأكتب لها رسالة، فهل يمكنك أن توصلها إليها؟

وهكذا فعل، وفي مقدمة الرسالة، بعض الأبيات من قصيدة "أنشودة المطر" للشاعر السياب، مترجمة إلى اللغة الإنكليزية. وبينما كان ينتظر رداً، بدا إليه وأن العالم قد توقف، وأن الساعات أصبحت أطول من السنين، فكان يأكل قليلاً وأهمل الدراسة. وكأن الحب قد سيطر على كل جوارحه! ومرت الأيام ولكن لم يصله أي رد من محبوبته. ولذلك، إستدعى جني المصباح، وطلب منه أن يفعل أي شيء ممكن.

– ماذا؟ هل تعتقد أنني وكيل زواج؟ مجيباً إياه الجني، وكان غاضباً من طلبه هذا.

– ولكن، بمقدورك أن تفعل شيئاً لها لكي لا تتجاهلني.

– سأقدم لك نصيحة فقط. أن تصر على الشعر وقصائد الحب، لأن النساء تحب الغزل، حتى إن كانوا جنوداً.

وأتبع علاء الدين نصيحة الجني، وبعد مرور ثمانية أيام ولياليها الطوال، وفي كل يوم كان يبعث إليها بقصيدة، ومن دون أي رد، خرج جميل من العمل مسروراً، وتاركاً إبتسامة عريضة على وجهه.

– اليوم سألتي من تكون أنت، ومن أين تعرفها، وبماذا تعمل، وسألتني عن علاقتي بك أيضاً.

– وماذا قلت لها؟؟

– لقد رفعت من شأنك إلى السماء.

كان علاء الدين مبتهجاً. فتحدث جميل مع سوزان بخصوص

علاء الدين، وقال إنها كانت مهتمة بأمره.
– ومن ثم، سألتها فيما إذا كانت تريد أن تكتب لك شيئاً، وأجابتني، بأنها ستفكر في الأمر، وربما ستفعل.
وفي موجة من السعادة، قبّلَ علاء الدين صديقه سعيداً بالذي حدث، وبدأ في القفز والرقص.
– أنت مجنون حقاً، فقد قالت إنها ستفكر في الأمر...
– إن هذا يكفيني، أن تفكر بي... إن هذا يملأني بالسعادة.
وبالفعل، فلم يطل كثيراً تفكير سوزان، ففي اليوم التالي، كان جميل يحمل الرد. وكان في الرسالة ذات الأسئلة التي قامت بطرحها على صديقه جميل. وعندما عاد علاء الدين إلى المنزل، بدأ بكتابة رسالة طويلة، والتي تحدث فيها عن عائلته ودراسته وأحلامه....
ومنذ ذلك الحين، كانوا يتراسلون من خلال جميل، ودامت هذه المراسلات مدةٌ من الزمن بين علاء الدين وسوزان، إلى أن إتفقوا أن يلتقوا في إحدى مقاهي بغداد. بحيث إختار علاء الدين مكاناً محايداً، لا يوجد فيه الكثير من الأجانب لكي لا يقوموا بمضايقتهم، وليس مليء بالعراقيين فقط، لأنهم سينظرون بسوء إلى سوزان.
كان علاء الدين متوتراً جداً، حتى أنه كان في المقهى نصف ساعة من الموعد؛ كان جالساً على الطاولة وأمامه كأس من الشاي ويدخن الأرجيلة. وأخيراً، جاءت سوزان، بدا إليه وكأن السماء قد انفجرت في سيمفونية رائعة من الألوان. إختفت كل الأصوات، توقفت جميع الحركات. فهناك، لم يكن هناك أحد سواهما، الإثنان معاً. كانت الفتاة قد وضعت وشاحاً حول رأسها، لكي لا يراها أحد من معارفها ولعدم لفت الانتباه. وجلست أمام علاء الدين، وللمرة الأولى كان يراها عن قرب؛ فكان لون بشرتها غامقة قليلاً، ووجهها مستدير، وعيناها الكبيرتان.. تكاد أن تتكلم.

لقد مرّ الوقت بسرعة كبيرة. هل سنلتقي مرة أخرى؟

في البداية، شعر الإثنان بقليل من الخجل. في الواقع، ومن خلال الرسائل، كانوا قد عرفوا الكثير من الأشياء عن بعضهما البعض، ولكن اللقاء كان مختلفاً جداً... وقالت له سوزان أنها كانت مترددة بالمجيء حتى اللحظة الأخيرة. وأنها لم تخبر أحداً من زملائها في الثكنة عن هذا اللقاء، لأنها كانت خائفة بأن لا يتفهموا إرادتها ويسببوا لها المشاكل. حتى أنها هي ذاتها، لم تكن متأكدة ما إذا كانت متفهمة لما يجري. وبدوره هو، أنا أيضاً، لدي بعض الزملاء، اللذين سيعترضون تماماً بأن أتحدث مع فتاة أمريكية. ومن ثم، عرض عليها الذهاب للمشي على ضفاف نهر دجلة، ووافقت على الذهاب. وبينما كانا يتمشون هناك، شعر علاء الدين بأمان أكثر، فلا أحد يستطيع أن يسمعهما، كانا ينظران إلى السماء وإلى ضفاف النهر؛ المهجورة والمليئة بالأوساخ. من ثم، بدأ علاء الدين بالحديث عن الماضي وعن أيام الطفولة، التي كان يقضيها مع أصدقائه على ضفاف النهر.

— في أحدى المرات، أساء إلي أنا وجميل أحد الأصدقاء، فقمنا بوضع بعض الكركم سراً في كأس الشاي خاصته. لأننا نقول عادةً من يشرب الشاب باكركرم، لن ينمو شاربه، وكما قد رأيتي، فإننا نحن العراقيين نحب كثيراً أن يكون لدينا شارب.

إبتسمت في حين أنها كانت تستمع إليه بإهتمام، ولكنها لم تعكس الفرحة التي توقعها علاء الدين.

— تخيل لو كان وجهك مغمور تماماً بالشعر. ضحك علاء الدين، مظهراً أسنانه البيضاء، وليظهر لها أنه إنفجر من الضحك.

ومن ثم، بدأت بالحديث عن نفسها، فهي تعمل في تلك الكتيبة منذ عشرة أشهر، وأنها كانت تشعر بالوحدة لأنها كانت الفتاة الوحيدة داخل تلك الكتيبة. وفي كثير من الأحيان كان زملائها يضايقونها، وحتى أنه وفي إحدى المناسبات، حاول أحدهم

التحرش بها. وكان لديها رغبة كبيرة بالعودة إلى بلدها للعمل في شيئاً آخر.

- ولماذا تعملين كمجندة في الجيش إذاً؟

- لأنني كنت عاطلة عن العمل، وكنت بحاجة لأن أعمل في أي شيء. ولتصبح جندياً محترفاً، فإن هذا يعني أنك ستقضي نصف حياتك في الجيش. وإن معظم الأغنياء لا يخدمون ولا يعملون في الجيش. ومعظمنا هنا، ليس لدينا الكثير من المؤهلات العلمية، ولذلك إعتقدنا أنها ستكون فرصة جيدة للعمل... ولكننا أخطأنا. فيجب عليك أن تكون شخصاً مختلفاً عن الآخرين، لتعتاد على حياة الجنود؛ وهذا لا ينطبق عليّ.

- ماذا كنتِ تعرفين عن بلدي قبل أن تاتي إلى هنا؟ سأل علاء الدين.

- جئنا، لأن هذا البلد كان محكوماً من قبل دكتاتور قاسي جداً، الذي كان متحالفاً مع بن لادن، وأنهم معاً، يريدون نشر الإرهاب في جميع أنحاء العالم.

- ولكن هذا ليس صحيحاً!! معترضاً حديثها.

ومن ثم أوضح لها علاء الدين، أن صدام حسين في الواقع، كان دكتاتوراً قاسياً، ولكنه لم يكن متحالفاً مع بن لادن، وأنهم ينتمون إلى جماعات عرقية وتيارات إسلامية مختلفة جداً. ويأتي بن لادن من المملكة العربية السعودية؛ بلد صديق للأمريكيين ومعادٍ للعراق، وعلى أسس ودوافع غير معروفة قد تحالفوا. وصدام حسين لم يكن يمتلك أسلحة الدمار الشامل في وقت إعلان الحرب على العراق. نعم، كان لديه بعض الأسلحة في السابق، ولكنه كان قد إبتاعها من قبل الأمريكيين عندما كانوا أصدقاء.

في الواقع، إن الهدف الوحيد لهذه الحرب هو: السيطرة على نفط العراق... وأكمل علاء الدين قائلاً: السلام؟ إن السلام لا يعني لهم شيئاً. إذا لم يكن كذلك، أنظري إلى حالنا الآن. كل يوم هناك العشرات من القتلى في الطرقات، وإنتشرت

الجرائم وازداد الإرهاب. والآن نعم، إن بن لادن يسيطر على كل الميادين في العراق وفي العالم أجمع.

فسوزان لم تكن تعرف أي شيء عن ذلك، وأنها كانت داخل الثكنات العسكرية طوال الوقت، ولم تكن تخرج إلا للقيام ببعض الدوريات. أحياناً، شاهدت وسمعت أشياءً ليس لها صلة بما كان يقوله لنا الضباط؛ بأنهم جاءوا لينقذوا العراق، وأن العالم أجمع متفق على ذلك مع أمريكا، وأن العراقيين رحبوا وإستقبلوا الأمريكيين بأذرع مفتوحة... ولكن حدثت بعض الأمور التي جعلتهم يشكون في مصداقية مهمتهم، وأن هذه الشكوك قد تحولت إلى شعور بالخزي والعار.

كان الوقت قد تأخر، وكان على سوزان العودة إلى الثكنة. نظر علاء الدين إليها بحنان، وقال: "لقد مرّ الوقت بسرعة كبيرة. هل سنلتقي مرة أخرى؟

والتقوا مرّات أخرى، ومن خلال ساعي البريد الشخصي؛ جميل، هكذا كانت تلقبه سوزان، واصلوا اللقاءات، والمشي على ضفاف النهر، الذي أصبح عادةً لديهم.

وفي كثير من الأحيان، كان الحزن على الناس الذين لقوا حتفهم في الهجمات الإرهابية، يشعرهم بالعجز عن التغيير. وسوزان كانت خائفة جداً. علاء الدين صامتاً؛ نظر إلى أعلى، وأخذ بيدها بقوة، ومعاً مشوا بصمت. وفي كثير من الأحيان، كان يمكن رؤية أعمدة الدخان المتصاعد إلى السماء، بسبب حريق ناجم عن أحد الإنفجارات.

وبعد معرفة كل منهما الآخر، جاء الإحترام، ومع الإحترام جاءت الثقة، ومع الثقة والإحترام، جاءت المحبة. وسوزان أيضاً أحبت ذلك الشاب الخجول، البسيط والذكي، والذي إكتشفت من خلاله الوجه الآخر لواقع بلده وشعبه. وبعد معرفة حقيقة الواقع، تزايد خوف سوزان، وتزايد رفضها لزملائها الجنود، الذين كانوا قليلاً ما يتحدثون في أمور خارج نطاق العمل.

ذلك اليوم، سماء تلمع فيه النجوم وضوء القمر فقط.
لا مزيد من الطائرات. لا مزيد من القنابل.

في أحد الأيام، وصل نبأ إلى الثكنة العسكرية التي تعمل بها سوزان، أن مهمتهم قد إنتهت وأن عليهم مغادرة البلاد. وعندما علم بذلك علاء الدين، عرض عليها البقاء. في حين، بدا لها المشهد قاتماً في بغداد، وشعرت برعشة في جميع أنحاء جسدها؛ ولكنها أحبت علاء الدين، ومن ثم وبعد تفكير عميق، وافقت على البقاء. ففي بلدها لم يكن لديها عائلة، ولذلك، كانت دائما تشعر بالغربة. "غُربة على غُربة، ولكن هنا، لدي رجل يحبني"، كانت تفكر. ولم تعد إلى الولايات المتحدة.

وإستضافت والدة علاء الدين سوزان، وأحبتها كما لو كانت إبنتها. ومنذ ذلك الحين، كانت طلبات علاء الدين للجني مرة كل ثلاثة أشهر، وكان يطلب علاء الدين من الجني أشياء بسيطة وضمن حدود مقدرة الجني، فلم يكن يريد أن يضايق الجني بطلبات كثيرة ومعقدة. وبهذا، كان الجني سعيداً، لأن سيده كان يطلب أشياء سهلة عليه، مثل: بعض الكتب أو بضعة أمتار من القماش أو الخيوط للحياكة... بحيث، كان الجني مقتنع أنه ومع هذا الشاب الحكيم والكريم، كان يجني الكثير من النقاط والتي من شأنها رفعه إلى درجات أعلى. وهكذا حصل، إرتقى الجني لدرجات أعلى، سواءً من خلال مساعدة الجني أو ربما مجرد نتيجة لصبر علاء الدين. أنهى علاء الدين دراسته بمؤهلات جيدة جداً. وتعلمت سوزان الحياكة على ماكنة والدة زوجها القديمة، وأصبحت ماهرة جداً في الحياكة. والمصاعب التي يواجهها البلد لم تنتهي. كان من الصعب النهوض بعد كل ذلك الدمار، لكن مساعدتهم لبعضهم البعض لم تتوقف، وكان ذلك مهماً جداً. وبفضل سوزان، عرف علاء الدين الكثير عن تلك البلاد المسمى بأمريكا، وسوزان أيضاً، التي كانت معرفتها تزداد يوماً من بعد يوم عن بلاد ما بين النهرين. وأنجبوا صبيين وفتاة، وفي المساء كانوا يصعدون جميعاً إلى سطح المنزل لمشاهدة السماء.

السماء التي تنتظر ذلك اليوم، التي تلمع فيه النجوم وضوء القمر فقط. لا مزيد من الطائرات. لا مزيد من القنابل. لا مزيد من الدماء.

وما إلى ذلك، ومن بعد جمع الكثير من النقاط، ربما سيصل الجني إلى أعلى درجة ممكنة، وذلك لخدمته طوال قرون عدة. ومع جني من الدرجة الأولى، سيتمكن علاء الدين من صنع العجائب.

النهاية